Olivier Rolin

Der
Meteorologe

Aus dem Französischen übersetzt von
Holger Fock und Sabine Müller

liebeskind

Die vorliegende Übersetzung wurde unterstützt
durch den Centre national du livre.

2. Auflage

Die Originalausgabe erschien 2014 unter dem Titel
Le météorologue bei Éditions du Seuil, Paris.

© Éditions du Seuil 2014
© für den Bildteil: Memorial / Editions Paulsen 2014
© für die deutsche Ausgabe: Verlagsbuchhandlung Liebeskind 2015
Alle Rechte vorbehalten

Umschlaggestaltung: Marc Müller-Bremer, München
Typografie und Satz: Frese Werkstatt, München
Herstellung: Sieveking, München
Druck und Bindung: CPI – Ebner & Spiegel, Ulm

ISBN 978-3-95438-049-7

Für Mascha

Ich las im Buch der Winde:
Ich las die Heilige Schrift.

SERGEJ JESSENIN, *Ihr Äcker*

I

I

Sein Fachgebiet waren Wolken. Die langen Eisfedern der Zir-
ruswolken, die knospenden Türme der Kumulonimbusse, die
zerrissenen Schichten der Strati, die Stratokumuli, die den
Himmel kräuseln wie der Wellenschlag der Gezeiten den
Sand an den Stränden, der Altostratus, der die Sonne ver-
schleiert, alle großen, von Licht gesäumten, driftenden Ge-
bilde, die riesigen Wattewolken, aus denen Regen und
Schnee fallen und Blitze herabschießen. Trotzdem schwebte
er nicht in den Wolken – zumindest glaube ich das nicht.
Nichts von dem, was ich über ihn weiß, kennzeichnet ihn als
Träumer. Er vertrat die UdSSR bei der Internationalen Kommission zur Erforschung von Wolken, er nahm an gesamt-
sowjetischen Kongressen über die Nebelbildung teil, 1930
gründete er das Wetteramt, doch die poetischen Namen der
Wolken brachten ihn nicht zum Träumen, für ihn, der mit seinem Wissen dem Aufbau des Sozialismus diente, war das alles natürlich ernste Wissenschaft, er war jedenfalls kein Wissenschaftler vom Schlag eines Professor Nimbus. Die Wolken
waren kein Vorwand für Träumereien, nichts bei ihm war
watteweich, ich vermute sogar, dass er zu einer gewissen Steif-
heit neigte. Nachdem man ihn 1929 zum ersten Direktor des
Vereinigten Hydro-Meteorologischen Dienstes der Sowjetunion gemacht hatte, arbeitete er an der Erstellung eines Ge-
wässerkatasters, eines Windkatasters und eines Katasters der

Sonnenzeiten. Er sah in diesen Plänen zur Kartografie des nicht Greifbaren bestimmt nichts Pittoreskes, keine Einladung zu Reisen in die Fantasie, ihn interessierte das Konkrete, die messbaren Fakten, die Begegnungen der Luftmassen, die Pegelstände der Flüsse, die Bildung von Eisschollen und der Eisgang, die Bewegung von Regenfronten, der Einfluss dieser Wetterphänomene auf die Landwirtschaft und das Leben der Sowjetbürger. Der Aufbau des Sozialismus fand auch am Himmel statt.

Geboren wurde er 1881 in Krapiwno, einem Dorf in der Ukraine …

2

Doch bevor ich beginne, vom Leben und Sterben dieses Mannes zu erzählen, der sich der friedlichen Beobachtung der Natur widmete und den die Geschichte in ihrem Furor niedergeschmettert hat, will ich einige Worte über die Umstände verlieren, unter denen ich lange nach seinem Verschwinden (Sie werden sehen, dass in seinem Fall dieses Wort den vollen Umfang seiner Bedeutung hat) auf ihn gestoßen bin. Geschichten fallen weder vom Himmel noch aus den Wolken, mir scheint es vielmehr angebracht, wenn sie ein Beglaubigungsschreiben vorweisen können. 2010 war ich zu einem Vortrag an die Universität von Archangelsk eingeladen. Ich war dort mit der Herzlichkeit empfangen worden, die neben viel Gleichgültigkeit und sogar Rücksichtslosigkeit für das russische Leben charakteristisch ist. Man hatte ein Spruchband zur Begrüßung aufgehängt und Fotos von einem früheren Besuch (ich bin dort Stammgast) aus der Schublade geholt, eine nette Geste, die nur einen Nachteil hatte, nämlich den, dass sie die Zeit, die seither vergangen war, deutlich machte. Man hat mich vielleicht nicht wie einen Präsidenten, aber doch wie einen, sagen wir mal, Bezirksvorsitzenden empfangen. Ich liebe die Stadt wegen ihres Namens, der sie als Stadt des »Erzengels« ausweist, wegen der breiten Flussmündung, die sie säumt – im Winter kann man sie auf einem nachts von fahlen Lichtern eingefassten Weg aus Brettern überqueren, die auf dem Eis liegen –, wegen der Holzhäuser, die es dort während meiner ersten Besuche noch in großer Anzahl gab (seither haben sich nur wenige gegen die Immobilienhaie behaupten können), und weil ich den Eindruck habe, dass die Mädchen dort ausgesprochen hübsch sind (ich erinnere mich an Rollerskaterinnen mit gebräunten Beinen, die im Mai, Haare im Wind und von Libellen eskortiert, über den Deich längs der Dwina flitzten: Sie sind für mich, was für Proust seine Fahrrad fahrenden Mädchen waren …). Ich glaube, Cendrars spricht irgendwo von Archangelsks goldenen Glocken (oder den goldenen Glockentürmen?), aber ich habe dort nichts dergleichen gesehen. Egal, Schriftsteller stehen nicht nur für das, was sie geschrieben haben, sondern auch für das, was ihnen zugeschrieben wird.

Anschließend nahm ich ein kleines Flugzeug (eine Antonow An-24, um genau zu sein), das Archangelsk zweimal pro Woche mit den Solowezki-Inseln verbindet, einer Inselgruppe mitten im Weißen Meer. Wenn das Meer zugefroren ist, und das ist es sechs Monate im Jahr, kann man nur noch mit dem Flugzeug auf die Inseln gelangen. Neben mir saß ein junger Pope, der Georges Perec ähnlich sah (ich bin nicht sicher, ob Perec dieser Vergleich gefallen hätte, oder auch dem Popen, wenn er gewusst hätte, wer Perec war: Tatsache ist, dass er ihm ähnlich sah). Der heilige Mann war mit einem E-Book-Reader ausgestattet, was mir damals wie der Gipfel der Modernität vorkam, zu dem ich noch nicht gelangt war, und ich fand es unpassend für einen Geistlichen, zumal für einen russischen. Das Hightech-Objekt steckte in einem Lederetui, das eine Ikone der Jungfrau schmückte, die er mit Küssen überhäufte. Ich schielte vorsichtig danach, was er auf seinem Bildschirm las, einen erotischen Roman, hoffte ich, doch ich muss zugeben, dass dies nicht der Fall war.

Ich hatte die Schönheit des Ortes, die mich dazu bewegt hatte, diese Reise zu unternehmen, auf Fotografien entdeckt. Und in der Tat, kaum stand ich vor der kleinen Abfertigungshalle aus blau getünchten Brettern und sah die Klosterfestung, die sich mit ihren Mauern, ihren wuchtigen Türmen und Glockentürmen (aus Gold …) auf einem Isthmus zwischen der Bucht und einem in Schnee vermummten See ausdehnt, da wusste ich, dass ich zu Recht hierhergekommen war. Dieselbe Schönheit wie der Mont Saint-Michel, nur dass es genau das Gegenteil war: ein Bauwerk mitten im Meer, zugleich Kloster und militärische Festung und Kerker, das sich jedoch in die Länge zieht, während der Mont Saint-Michel in die Höhe ragt. Und dann gibt es hier keine Menschenmassen, keinen Nippes für Touristen. Ich verbrachte einige Tage damit, in einer schwarz-weißen Landschaft aus zugefrorenen Seen und Nadelwäldern, die die untergehende Sonne lange in blutrotes Licht tauchte, die Wege auf der Insel abzugehen. Ich hatte eine Unterkunft in einem winzigen Hotel namens *Priut*, »Die Zuflucht«, gefunden. Katia, die Wirtin, war eine reizende, überaus fröhliche Person (was hier nicht so häufig ist, wie ich trotz meiner Liebe zu Russland, die mir einige meiner Freunde spaßeshalber vorwerfen, zugeben muss), klein und herzlich (ich glaube, in ihrem Fall passt das ein wenig aus der Mode gekommene Epitheton »schmuck«), eine Frau, die in ihrer Liebenswürdigkeit so weit ging zu behaupten, ich würde mich sehr gut in ihrer Sprache ausdrücken. Von meinem Zimmer aus sah ich abends die Mauern und Zwiebeltürme über dem Eis lodern. Ich ahnte nicht im Geringsten, dass die ersten Keime eines Buchs in mir aufgingen – aber so ist es immer, das Schreiben lässt sich unmerklich an.

Das Kloster, im 15. Jahrhundert von Eremiten gegründet, war eines der ältesten in Russland. Jede Zeit hat ihren Geist, ab 1923 »beherbergte« (sollte dieses Wort irgendwie passen …) es das erste Lager der künftigen Hauptverwaltung der Arbeitslager, *Glawnoje Uprawlenije Lagerej*, die unter ihrem Akronym GULAG traurige Berühmtheit erlangte. Nach meiner Rückkehr machte ich mich daran, alle Bücher zu lesen, die ich über diese Geschichte fand. So erfuhr ich, dass es in diesem Lager eine dreißigtausend Bände umfassende Bibliothek gegeben hatte, die sich direkt oder indirekt aus den Büchern der Deportierten zusammensetzte, zum großen Teil Adelige oder Intellektuelle – Adelige oder *Bitschs*, die keine englischen Nutten waren, sondern *Bywtschi Inteligentni Schelowek*, ehemalige Intellektuelle, in der Sprache der politischen Polizei. Nach und nach wurde die Idee geboren, einen Film zu drehen, und für die Auswahl der Drehorte war ich im April 2012 auf die Solowezki-Inseln zurückgekehrt.

Dort empfing mich Antonina Sotschina, eine der Frauen, die das Gedächtnis der Insel verkörpern. Sie war eine liebenswürdige alte Dame mit lebhaften blauen Augen und rotblondem Haar, die Jeans und einen Rollkragenpullover trug. Ihr Haus war voller Bücher und Pflanzen, sie kochte großartige Marmeladen aus jenen Beeren, auf die ganz Russland wild ist, Heidelbeeren, Preiselbeeren, Moosbeeren und eine andere Sorte, deren französischen Namen ich nicht kenne, eine Art orangefarbene Himbeere, *Moroschka* auf Russisch, die in Moorgebieten wächst und so gut schmeckt, dass Puschkin angeblich nach ihnen verlangte, bevor er starb. (Beeren und Pilze gehören zu den Grundlagen der russischen Ernährung und sogar der russischen Fantasie; der Gattungsname für Beeren, *Jagoda*, ist merkwürdigerweise auch der Nachname des Chefs der politischen Polizei, erst der GPU, dann, von 1934 bis 1936, des NKWD: Im weiteren Verlauf dieser Geschichte wird Genrich Jagoda eine gewisse Rolle spielen.) Unter den Büchern, die mir Antonina zeigte, befand sich ein selbst verlegtes, nicht im Buchhandel erhältliches Album der Tochter eines Deportierten, das dem Andenken an ihren Vater diente, mit einem Einband, auf dem Wolken abgebildet waren. Der Meteorologe Alexei Feodossjewitsch Wangenheim war 1934 ins Solowezki-Lager deportiert worden. Die Hälfte des Albums bestand aus Reproduktionen von Briefen, die er aus dem Lager an seine Tochter Eleonora geschickt hatte; diese war zum Zeitpunkt seiner Verhaftung knapp vier Jahre alt. Es gab darin Herbarbögen, mit sicherem Strich gefertigte Zeichnungen im naiven Stil, die ordentlich mit Buntstift oder Aquarellfarben koloriert waren. Man sah ein Nordlicht, Eisschollen, einen schwarzen Fuchs, ein Huhn, eine Wassermelone, einen Samowar, ein Flugzeug, Schiffe, eine Katze, eine Fliege, eine Kerze, Vögel ... Die Blätter mit den getrockneten Pflanzen und die Zeichnungen waren schön, aber sie waren nicht nur geschaffen worden, um dem Auge zu gefallen, sie hatten einen erzieherischen Zweck. Mithilfe der Pflanzenbilder veranschaulichte der Vater seiner Tochter die Grundzüge der Arithmetik und der Geometrie. Die Lappen eines Blattes zeigten die Grundzahlen, seine Form die Symmetrie und Asymmetrie, ein Tannenzapfen erläuterte eine Spirale. Die Zeichnungen waren Antworten auf Rätsel.

Ich fand dieses Zwiegespräch zwischen einem Vater und seiner kleinen Tochter, die er nie mehr wiedersah, und diesen Willen, aus der Ferne an ihrer Erziehung mitzuwirken, schlichtweg ergreifend. Und ebenso die Liebe, die diese Tochter ihrem Vater, den sie nur kurz erlebt hatte, ihr Leben lang entgegenbrachte und von der das Gedenkbuch zeugte, das ich bei Antonina durchblätterte. Er war, wie sie darin sagt, ein großartiger Klavierspieler, sie erinnert sich, dass sie ihn die *Appassionata*, die *Mondschein-Sonate* und die *Impromptus* von Schubert spielen hörte. Er liebte Puschkin und Lermontow. Bis 1956, dem Jahr seiner posthumen Rehabilitierung, so berichtet sie, hat meine Mutter auf seine Rückkehr gewartet. Wenn ich ungezogen war, sagte meine Mutter, ich würde mich dafür schämen, wenn mein Vater zurückkäme, und so ist es mir zur Lebensregel geworden, mich mit seinen Augen zu beurteilen, fügt sie noch hinzu. In mir reifte allmählich die Idee, die Geschichte dieses Mannes aufzuschreiben, eines von Millionen Opfern des stalinistischen Wahnsinns. Die spätere Begegnung mit Menschen in Moskau, die Eleonora am anderen Ende ihres Lebens gekannt hatten, tat ein Übriges. Sie war eine berühmte Paläontologin geworden. Ich konnte sie nicht mehr treffen: Sie war kurze Zeit zuvor gestorben unter Umständen, von denen ich berichten werde. Ich bedaure, dass sie nicht lange genug gelebt hat, um zu erfahren, dass das Album, das sie dem Andenken ihres Vaters widmete, die ungeahnte Folge hatte, in weiter Ferne, in einem anderen Land, in einer anderen Sprache, ein anderes Buch hervorzubringen.

3

Er war also 1881 in Krapiwno zur Welt gekommen, einem Dorf in der Ukraine, dessen Name so viel bedeutet wie »Ort, wo Brennnesseln wachsen«. Es gibt viele Brennnesseln und folglich viele Krapiwnos im Süden Russlands und in der Ukraine (der Name taucht in Isaak Babels *Die Reiterarmee* ab der dritten Zeile auf), sein Dorf liegt bei Neschin (Nischyn auf Ukrainisch), einer Kleinstadt, deren Gymnasium sich schmeichelt, Gogol zum Schüler gehabt zu haben. Sein Vater Feodossi Petrowitsch Wangenheim war ein *Barin*, ein Baron von niederem Adel, Abgeordneter im Semstwo, dem Kreis- und Landrat, den Alexander II. für die lokale Verwaltung eingeführt hatte. Der Nachname klingt nicht russisch, er weist vielmehr auf eine weit zurückliegende holländische Abstammung hin, vielleicht Schiffszimmerleute, die Arbeit beim Bau der Flotte von Peter dem Großen gesucht und zum Lohn Land in der Ukraine erhalten hatten. Auf einem Porträtfoto hat Feodossi Petrowitsch ein freundliches Gesicht mit fast schelmischen Gesichtszügen, die von einer Flut grauer Haare und einem Halsband aus buschigem Bart umrahmt werden. Ich stelle ihn mir wie eine Figur von Tschechow vor, ein Idealist, Schwadroneur voll nebulöser Ideen über den sozialen Fortschritt, Schürzenjäger, Kartenspieler, schwach. Er fand Geschmack an Agrarwissenschaften und führte Versuche durch auf einem Feld, das bei einem Nest namens Uyutnoje an der Eisenbahnlinie von Moskau und Kiew nach Woronesch lag. An den Sommerabenden in Uyutnoje diskutiert man, nachdem man die Sträucher mit schwarzen und roten Johannisbeeren und die Himbeerhecken begutachtet und in Gesellschaft von Damen in blassfarbenen Rüschenröcken den Sonnenuntergang betrachtet hat, unter der Veranda bei Zigarre und Kognak, mit dem Arzt und dem Untersuchungsrichter, man unterhält sich über die Volksbildung, man kritisiert den autoritären Führungsstil des Zaren. Eine der Töchter sitzt am Klavier, spielt ein kleines Stück von Schubert oder vielleicht von Chopin. Nichts als Vermutungen. Aber wir wissen sicher, dass er mit seiner Frau Maria Kuwschinnikowa vier Mädchen und drei Söhne hatte, darunter Alexei, den Freund der Wolken. Reaktionär war er bestimmt nicht, denn nach der Revolution weigerte er sich, einem seiner Söhne, Nikolai, in die Emigration zu folgen, und wurde Berater beim Volkskommissariat für Landwirtschaft. Und er ließ alle seine Kinder – sogar die Töchter! –Naturwissenschaften studieren.

Mir gefällt der Gedanke, dass Alexei Feodossjewitsch eine Neugier für Lufterscheinungen in sich aufkeimen spürte, als er sah, wie sich die Wolken über die endlose Steppe wälzten. Maler und Schriftsteller haben die Landschaft der russischen oder ukrainischen Ebenen vielfach beschrieben. Schwindelerregende Tiefe des Raums, eine Weite, in der alles stillzustehen scheint, und eine Stille, die nur von den Schreien der Vögel, der Wachteln, Kuckucke, Schnepfen, Raben, durchbrochen wird. Weizen- oder Roggenfelder, weite Flächen blauer Kräuter, gesprenkelt mit den gelben Blüten des Wermuts, durch die ein von Spurrillen durchzogener Weg führt. Birkenwäldchen und schlanke Pappeln, in der Ferne funkeln die goldenen Zwiebeltürme einer Kirche, die Dächer eines Dorfs, manchmal das kurze Aufblitzen eines Flusses: Es ist das Landschaftsbild aus den vielen Erzählungen, die Tschechow in jenen Jahren schrieb, aus »Die Steppe« (die sich zu beiden Seiten der ukrainisch-russischen Grenze hinzieht) und »In der Heimat«, es ist die Landschaft aus Jessenins Gedichten, aus den Gemälden Schischkins oder Lewitans. Manchmal erinnert in unendlich weiter Ferne der Rauchfang einer Lokomotive daran, dass in dieser offensichtlich geronnenen Zeit etwas Neues entsteht, das vielleicht ein Fortschritt und vielleicht auch eine Bedrohung ist. Und über all dem, an einem Himmel, der das weite flache Land noch flacher macht, die unregelmäßigen und herrlichen Wolken, die der junge Erzähler in Iwan Bunins *Das Leben Arsenjews* träumerisch betrachtet, die bedrohlichen Wolken, die der Landschaftsmaler Sawrassow 1881 malte, in jenem Jahr, als Alexei Feodossjewitsch geboren wurde, und die lebhafte Schatten über die leuchtenden Felder werfen.

Diese von der Leere verschlungenen Landschaften sieht man ebenfalls auf einigen Farbaufnahmen, die Anfang des 20. Jahrhunderts Sergei Prokudin-Gorski machte, ein anderer wissenschafts- und technikbegeisterter Adeliger, der kreuz und quer durch das russische Reich reiste, von den Wäldern Kareliens bis nach Zentralasien, um es in Bildern festzuhalten und zu archivieren – dreitausendfünfhundert Fotoplatten, von denen etwas weniger als zweitausend gerettet wurden. Dieser Erfinder und Fotograf, den ein Selbstporträt am Ufer eines Flusses in Georgien mit einem Schlapphut zeigt, darunter ein schmales, trauriges Gesicht, das von einem Zwicker und einem hängenden Schnurrbart durchgestrichen wird, zeugt wie Tschechow, wie sein Freund Isaak Lewitan, wie Bunin, wie, auf ihre Weise, Wangenheim Vater und Sohn, von einer Zeit, in der es so schien, als könnte die russische Geschichte eine andere, friedlichere, aufgeklärtere Richtung einschlagen als die düstere, schreckliche Zeit, die kommen sollte. Auf seinen Fotoplatten erstaunt nicht nur die wundersame Wahrheit der Farben, sondern auch das Gefühl, beim Betrachten von der Linie, auf der sich Himmel und Erde treffen, im wahrsten Sinn des Wortes angesaugt zu werden. Was liegt wohl dahinter? Nichts, der Rand der Welt vielleicht, oder ebenso gut die unendliche Wiederholung des immer Gleichen. Wälder, Felder, Steppen, Wege, Raben in der Luft, winzige Glockentürme unter den Wolken. Russland ist ein Wald, *ljes* auf Russisch, und eine Ebene, *polje*. Und Russland ist Weite, *prostor*. Ich weiß nicht viel über die Jugend meiner Hauptfigur, und das wenige ist weder gesichert noch von Bedeutung, aber ich bin sicher, dass die Weite in seinen Lehrjahren eine Rolle spielte.

Ich stelle mir also gerne vor, dass Alexei Feodossjewitsch eines Tages im Gras lag und dabei wie Bunins Arsenjew dachte: »Ach, welch Sehnsucht weckende Schönheit! Könnte man sich doch auf dieser Wolke niederlassen und dahintreiben, in dieser beängstigenden Höhe dahinsegeln in der grenzenlosen Weite unter der Himmelskuppel ...« Wer weiß, ob er das nicht wirklich gedacht hat? Aber die Wahrheit ist, glaube ich, einfacher, prosaischer: Seine Berufung wurde ihm von seinem Vater mit auf den Weg gegeben. Mit seinem entschlossen neugierigen Geist probierte sich nämlich auch Feodossi Petrowitsch ein wenig an der Meteorologie, hatte er doch auf seinem Gut eine kleine Wetterstation eingerichtet. In der

Familie machte Alexei die ersten Schritte in der Wissenschaft
von Erde und Himmel, indem er mit seinem Vater an regionalen Landwirtschaftskongressen teilnahm, die magnetischen
Abweichungen in der Gegend um Kursk studierte, eine neue
Methode zur Berechnung der Anzahl von Pflanzen pro Quadratmeter vorschlug (und hier befinden wir uns mehr bei *Bouvard und Pécuchet* als bei Tschechow), indem er die Kurven
ablas und notierte, die die kleinen Stifte der Aufzeichnungsgeräte in Uyutnoje auf Rollen von Millimeterpapier malten,
Niederschlagsmenge, Wasserstand, Luftdruck, Windstärke
und Windrichtung. Er hatte die Oberstufe des Gymnasiums
in Orel abgeschlossen, war in allem sehr gut oder ausgezeichnet gewesen, Griechisch, Latein, Mathematik, Katechis-
mus, Französisch, doch ausgerechnet in Geografie hatte er als
einzigem Fach nur ein »befriedigend«. Zur Jahrhundertwende
wurde er für ein Studium am Institut für Mathematik und
Physik an der Universität von Moskau zugelassen und praktisch postwendend wieder hinausgeworfen, nachdem er sich
1901 an den Studentenunruhen beteiligt hatte. In Russland
macht man keine halben Sachen, insbesondere nicht bei
Unruhen, und der Minister für Volksbildung war von einem
Studenten und Sozialrevolutionär erschossen worden. Alexei
war sicher nicht zu solch extremen Taten bereit, vor dem
Dekan, der ihn verhörte, erklärte er, dass er prinzipiell gegen
Gewalt sei, aber letztendlich hatte er, wie er zugab, an Versammlungen und Abstimmungen teilgenommen, und so flog
er raus.

Es folgten der Wehrdienst, das Kiewer Polytechnische Institut
und schließlich eine Diplomarbeit (mit Auszeichnung!) über
die Geschwindigkeit von Zyklonen, dann das Institut für

Landwirtschaft in Moskau; er hat sich noch nicht zwischen Erde und Himmel entschieden und verfasst Artikel, in denen er die jeweiligen Vorzüge von natürlichen und mineralischen Düngemitteln vergleicht, und wieder sind wir bei *Bouvard und Pécuchet*, denn er unterrichtet Mathematik für junge Mädchen am Gymnasium von Dmitrijew-Lgowski, einer größeren Ortschaft im Norden von Kursk. Wir wollen uns nicht lange mit seinem Lebenslauf aufhalten, das ist nicht unsere Aufgabe, in Dmitrijew unternahm er allerdings einen wichtigen Schritt: 1906 heiratet er die Geschichts- und Erdkundelehrerin Julia Bolotowa. Aus dieser Verbindung geht eine Tochter hervor, die sich später als Psychiaterin einen Namen machte. Danach arbeitet er beim Wetterdienst des Kaspischen Meers im ehemaligen Port-Petrowsk, heute Machatschkala (er interessiert sich für die wechselnden Pegelstände dieses Binnenmeers, ein Problem, das schon Alexandre Dumas auf seiner Reise durch den Kaukasus so sehr beschäftigte, dass er die originelle Hypothese aufstellte, es gebe möglicherweise eine Art Ventilklappe zur natürlichen Wasserableitung zwischen dem Kaspischen Meer und dem Persischen Golf). Der Krieg bricht aus, er wird eingezogen und als Leiter des Wetterdienstes zur 8. Armee geschickt, die in Galizien den Österreichern gegenübersteht. Vorauszusagen, woher der Wind kommt oder ob es regnen wird, ist wichtig für die Gasangriffe, denn mit Gas wurde damals im Osten wie im Westen Krieg geführt. Dann kommt die Revolution, er ist zurück in Dmitrijew, die Fronten des Bürgerkriegs verlagern sich ständig, er steht nicht aufseiten der Weißen wie sein Bruder Nikolai, sie nehmen die Stadt ein, er verkriecht sich bei einem Bauern, die Roten erobern sie zurück, er wird Inspektor der Volksbildung, hält Agitprop-Versammlungen in den Dörfern ab, lässt sich einen kleinen Lenin-Schnauzer wachsen, trägt Stiefel, einen dunklen Waffenrock und Schirmmütze, er wird Chefagronom der *Oblast*, richtet hier und da kleine Wetterstationen ein, deren Messergebnisse helfen sollen, die Ernten zu steigern, doch häufig hat er Mühe, die Muschiks davon zu überzeugen, dass Wetterfahnen, Anemometer und andere Räder und Kuppeln kein Teufelswerk sind, das an der Trockenheit schuld ist.

4

Zehn Jahre sind vergangen, wir sind jetzt in den frühen Dreißigerjahren, Wangenheim ist von seiner ersten Frau geschie-
den und hat sich wiederverheiratet mit Warwara Kurguzowa,
die er aus Dmitrijew kennt, wo sie Leiterin der Schule Nr. 4
war. Er lebte eine Zeit lang in Petrograd, wo er am Hauptob-
servatorium des Wetterdienstes für die langfristigen Wettervorhersagen verantwortlich war. Jetzt ist er in Moskau, wo
man ihn zum Leiter des brandneuen Vereinigten Hydro-Meteorologischen Dienstes der UdSSR ernannt hat. Er ist Par-
teimitglied, ein kommunistischer Bürger, Vorsitzender von
zahllosen Komitees und Unterkomitees, von Präsidien und
wissenschaftlichen Räten, man kann sie nicht alle aufzählen.
Er kennt Gorki und die Witwe Lenins, Nadeschda Krupska-
ja, den Volkskommissar für das Bildungswesen Lunatschar-
ski und den großen Gelehrten und Polarforscher Otto Juljewitsch Schmidt, der gerade erst am Anfang seiner Karriere
steht. Die *Große Sowjetische Enzyklopädie* verzeichnet seinen Namen direkt vor van Gogh. Es lässt sich gut an, um Mitglied
der Akademie der Wissenschaften und mit dem Leninorden
ausgezeichnet zu werden etc. Auf einem Foto aus jener Zeit
sieht man ihn mit vollerem Gesicht als damals in Dmitrijew,
er hat seinen Kinnbart abrasiert und trägt nur noch einen kleinen Schnauzer, er hat das gewellte Haar seines Vaters, unter
dem dunklen Jackett trägt er ein weißes Hemd und eine

Strickkrawatte mit Krawattennadel. Er sieht wirklich gediegen aus, aber ging Lenin etwa salopp gekleidet? Auch Wladimir Iljitsch trägt Krawatte mit Krawattennadel, Weste samt Uhrkette. Herausgeputzt im bronzebraunen oder steingrauen Dreiteiler hält er bis heute auf allen öffentlichen Plätzen in Russland Ansprachen vor Phantommassen.

Einen vereinigten hydrologischen und meteorologischen Dienst für das gesamte Gebiet der UdSSR zu schaffen, ist keine geringe Aufgabe, umfasst besagtes Gebiet doch, wie die sowjetische Propaganda – und diesmal zu Recht – verkündet, »ein Sechstel der Landmasse«. Ein riesiger, wilder, nur zur Hälfte besiedelter Kontinent, fast ohne Straßen, im Norden vom Arktischen Ozean begrenzt, der von Polen bis nach Alaska reicht, der an Japan, China, die Mongolei, an Afghanistan, den Iran und die Türkei grenzt, auf dem sich die Berge des Pamir-Gebirges, des Altai, des Kaukasus aufwerfen, der unter der Hitze der Zentralasiatischen Steppe brennt, ein Gutteil des Jahres von Schnee und Eis bedeckt ist und den von der Wolga bis zum Amur viele große Flüsse durchziehen … Zweiundzwanzigeinhalb Millionen Quadratkilometer … Elf Zeitzonen damals (heute sind es nur noch neun). Wangenheims »Heimatland« ist, wie Nikolai Gogol (mit leichter Übertreibung) schreibt, »jenes Land, das nicht zu spaßen liebt, und sich als riesige Ebene über die halbe Welt ausbreitet«. Im Vergleich zu Uyutnoje oder gar zur Region von Dmitrijew war das eine ganz andere Aufgabe … Heute, während ich dies schreibe, zeigt das Thermometer in Jakutsk minus neununddreißig Grad, über siebzehn Grad in Sotschi, ein umfangreiches Tiefdruckgebiet von 968 Millibar erreicht Kamtschatka, Tausende Kilometer davon entfernt bildet sich gerade ein anderes über der Barentssee im Westen von Nowaja Semlja, während das mittlere Sibirien unter dem Einfluss eines Hochdruckgebiets von 1034 Millibar steht. Ein System einzurichten, mit dem man in der Lage ist, diesem Koloss täglich den Puls zu messen und Vorhersagen zu machen, ist eine gewaltige Aufgabe, zumal es gilt, die Widerstände in der Bürokratie zu überwinden, deren verschachtelte Behörden eifersüchtig über ihr Gebiet wachen, und man weiß ja, dass die Trägheit der Verwaltung eine der Hinterlassenschaften aus der Zarenzeit ist, die das sowjetische Regime auf wunderbare Weise zu steigern wusste.

Alexei Feodossjewitsch kniet sich mit aller Kraft und sogar voller Leidenschaft in die Arbeit. Sonderbarerweise nennt er später in seinen Briefen den vereinigten Wetterdienst oft »mein liebes sowjetisches Kind«. Er kämpft gegen die Behörden, er zwingt den Republiken seinen Willen auf, er geht die *Narkoms*, die Kommissare in den verschiedenen Volkskommissariaten, hart an, er nötigt den einen oder anderen Genossen, das Stück Himmel oder Wasser herauszurücken, als dessen Besitzer sie sich aufspielen. Er erweitert sein Netz von Wetterstationen, er erhält die neuesten Winddaten von der Insel Sachalin, Angaben über die vielen Kubikmeter Wasser, die der Jenissei pro Sekunde befördert, über das Eis, das den »Nördlichen Seeweg« blockiert, den wir Nordostpassage nennen, über die Regenmengen, die über den ukrainischen Ebenen niederfallen oder ausbleiben. Wie man vom Chef der GPU, Jagoda, erwartet, dass er alle Meinungsäußerungen und mehr noch die geheimen Gedanken aller Sowjetbürger kennt, so ist Alexei Feodossjewitsch Wangenheim der große Spion, der die Wetterstimmungen des Kontinents auskundschaftet, sammelt und archiviert. Flugzeuge benötigen seine Informationen, um landen zu können, Schiffe benötigen sie, um sich eine Passage durch die Karasee zu bahnen, Traktoren, um ihre Furchen in der Schwarzerde zu ziehen. Am 1. Januar 1930 wird der erste Wetterbericht im Radio über Langwelle gesendet. Diese Wettervorhersagen richten sich selbstverständlich nicht an Urlauber oder Wochenendpendler, die zu jener Zeit ziemlich selten waren in der Heimat des weltweiten Proletariats, sondern dienen dem Aufbau des Sozialismus, besonders der sozialistischen Landwirtschaft.

Und Gott weiß, dass die sozialistische Landwirtschaft dringend Hilfe braucht. Mit der Beseitigung tatsächlich oder angeblich reicher Bauern (oft genügte der Besitz einer Kuh, um als »Kulak« eingestuft und deportiert oder erschossen zu werden) sowie der Zwangskollektivierung und der Konfiszierung der Getreidevorräte führt Stalins wahnwitzige Politik zu einer grausamen Hungersnot in der Ukraine. Millionen von Menschen, ganz sicher drei Millionen, sterben in den Jahren 1932 und 1933 in den Landstrichen, in denen Alexei Feodossjewitsch seine Kindheit verbracht hat. Als man alle Katzen, Hunde, Insekten aufgegessen, die Knochen der Tierkadaver abgenagt, Kräuter, Wurzeln und Leder ausgesaugt hatte, machte man sich vielerorts über die Toten her und half gelegentlich sogar beim Sterben nach. Wassili Grossman hat in *Alles fließt* diese entsetzliche Zeit beschrieben, als ganze Dörfer, die nur noch Leichen beherbergten, der Stille und der verpesteten Luft anheimfielen, als jeden Morgen die Kadaver der Kinder, die zum Betteln auf der Straße nach Kiew gekommen waren, zur Müllkippe gekarrt wurden. Damals war es freilich keine Wettervorhersage, die jene Landstriche gebraucht hätten, sondern schlicht ein wenig Menschlichkeit. Weiß er davon? Weiß er mehr als alle anderen, die Millionen anderer Russen, die ahnungslos sind oder schlichtweg ignorieren, welche Leiden der fabelhafte »Aufbau des Sozialismus« in seinem Kielwasser mit sich führt, die weiterhin daran glauben, dass in der Sowjetunion der neue, von seinen Ketten befreite Mensch geboren wird? Die nichts wissen vom Hunger oder ihn in Kauf nehmen (weil sie glauben, dass alles seinen Preis hat, dass es sich vor allem um rückständige, reaktionäre Bauern handelt), genau wie sie später nichts von den umfangreichen Deportationen und den Toten des Gulags wissen wollen oder sie hinnehmen? Stalin weiß sicher, dass ganze Landstriche in der Ukraine entvölkert werden, doch er bleibt stur bei seiner mörderischen Politik, weil es einfach nicht sein kann, dass er sich geirrt hat, und auch, um den Bauernstand zu brechen, in dem er den Klassenfeind sieht; die hohen Funktionäre im Kreml, die Kaganowitschs, die Woroschilows, die Molotows, die nichts weiter sind als die obersten Diener, wissen Bescheid, wobei man davon ausgehen kann, dass sie es niemals gewagt hätten, sich Stalin zu widersetzen, wenn sie dessen Ansichten nicht teilten. Doch Alexei Feodossjewitsch ist kein hoher Funktionär, der Wetterdienst ist nicht das Volkskommissariat des Inneren, er weiß vielleicht nicht, dass die Ähren, die man dort auf den Feldern seiner Jugend schneidet, die Köpfe von Menschen sind, er glaubt, dass es sich bei den Gerüchten, die ihm zu Ohren kommen, wenn sie denn zu ihm dringen und nicht zuvor schon erstickt werden – man riskiert schließlich sein Leben, wenn man sie weiterverbreitet –, um Verleumdungen handelt, die die Feinde der Revolution mit ihrer unerschöpflichen bösartigen Fantasie in die Welt gesetzt haben. Die fürchterliche Tötungsmaschinerie ist auch eine Maschine, um den Tod auszuradieren, was sie noch grauenerregender macht. In der Gewissheit, den Aufbau des Sozialismus zu unterstützen und insbesondere die landwirtschaftlichen Erträge zu verbessern, fährt er in aller Ruhe damit fort, sein Netz von Wetterstationen auszubauen, seine Vorhersagen zu verfeinern, über Langwelle seine Wetterberichte zu verbreiten.

Er ist weitsichtig und vorausschauend. Auf seinem Fachgebiet ist er ein Visionär oder vielleicht sogar ein Utopist. Er gibt sich nicht zufrieden damit, sein Netz über das riesige Gebiet der Sowjetunion auszubreiten, er träumt von einem weltweiten Wetterdienst. Dazu, denkt er, muss freilich die proletarische Revolution überall auf der Welt obsiegen, doch er zweifelt nicht daran, dass es so kommen wird. Die politische Annahme ist gewagt, aber die wissenschaftliche Prognose, so kühn sie auch sein mochte, hat sich bewahrheitet. Mit zwei oder drei Klicks sehe ich auf meinem Bildschirm ein Tiefdruckgebiet Richtung Kamtschatka ziehen, ein anderes erreicht Nowaja Semlja, die Winde über dem Ochotskischen Meer haben Sturmstärke erreicht, die Hochdruckgebiete machen aus den Kurven in Zentralsibirien lange Terrassen, ich erfahre, dass es in Kolymskoje am Fluss Kolyma mit seinen finsteren Erinnerungen minus dreißig Grad hat, unter fünf Grad in Archangelsk, über fünf Grad in Astrachan, null Grad in Kiew, wo das Volk gerade einen Diktator verjagt hat; und wenn es eine weit entfernte, auf der anderen Hemisphäre gelegene Gegend wie Südamerika ist, für die ich mich interessiere, dann sehe ich in Santiago de Chile achtundzwanzig Grad bei Sonnenschein, dasselbe in Buenos Aires, wo es nur zweiundzwanzig Grad hat, sanfte Hochdruckausläufer drehen vom Archipel Juan Fernández, wo der echte Robinson Crusoe lebte, bis in die Pampa, wobei sie auf ihrem Strömungsweg die Anden überqueren: Wangenheims Traum ist wahr geworden, ohne dass wir auf eine immer unwahrscheinlichere proletarische Weltrevolution warten mussten. Dutzende von Satelliten, elektronische Insekten mit goldenen Fühlern und Flügeln aus blauem Silizium, umrunden am dunklen Himmel die Erde, überwachen Wolken, Regenfronten, Meeresströmungen, Temperaturen, Meeresspiegel, die Eisschmelze: Das ist die Weltrevolution (die man heute »Globalisierung« nennt).

Und auf dem Gebiet der »Energiewende«, wie es heute heißt, ist Alexei Feodossjewitsch ganz klar Prophet. Wenn er ein »Windkataster« aufbaut, dann weil er die Vision von einem Wald von Windrädern hat, die sich von der Beringstraße und Kamtschatka bis an die Schwarzmeerküste drehen, die die Eiswüsten des Nordens und die heißen Wüsten des Südens mit elektrischem Strom versorgen – der Kommunismus ist ja bekanntlich »Sowjetmacht plus Elektrifizierung«. »Die Windenergie ist nicht nur auf unserem Gebiet gewaltig«, schrieb er 1935, »sie ist zudem erneuerbar und unerschöpflich. Mit ihrer Hilfe wird man in Regionen, in denen es starke und heiße Winde gibt und in die man nur schwer Benzin für Motoren befördern kann, die Trockenheit, die Wüste bekämpfen. Der Wind kann eine Wüste in eine Oase verwandeln. Im Norden wird der Wind es ermöglichen, zu heizen und Licht zu erzeugen.« Das schreibt er in einem Brief an seine Frau von den Solowezki-Inseln, auf die man ihn deportiert hatte, wo die großen Bäume das halbe Jahr über im Wind knarren und schwanken, der die Rücken der Seki vereist, der Zwangsarbeiter aus dem Gulag, die in Kolonnen über die verschneiten Wege marschieren. Er hat dort in einer Zeitschrift einen kurzen Artikel über Windenergie gelesen und erinnert sich mit Bitterkeit an die Zeit, als er frei und ihr Vordenker war: »Alle diese Gedanken drängten sich in meinem Kopf und ich dachte daran, dass ich mit dem Projekt eines Windkatasters der Erste war, der diese Fragen aufgeworfen hat. Bald werden weite Gebiete der UdSSR mit Energie aus Windkraft elektrifiziert sein, und mein Name wird spurlos verschwinden.« Ebenso hat er ein »Sonnenkataster« in Angriff genommen, denn er ahnt, obwohl es noch keine Anlage zur Umwandlung des Sonnenlichts in Energie gibt, dass »die Zukunft der Sonnenenergie und der Windkraft gehört«.

Auch die Versuche, die Nordostpassage für die Seefahrt zu erschließen, datieren nicht erst von heute. Schon 1932, lange bevor die Erderwärmung und das Schmelzen des arktischen Eises zum medialen Tintenfass werden, hat man die *Glawsewmorput* geschaffen, die Hauptverwaltung Nördlicher Seeweg, mit Otto Juljewitsch Schmidt als ihrem Statthalter. Dieser bärtige Riese deutsch-baltischer Abstammung, Mathematiker, Geophysiker und Entdecker, Chefredakteur der *Großen Sowjetischen Enzyklopädie*, ist ein Freund Alexei Feodossjewitschs – zumindest solange, wie man Letzteren frequentieren kann. Aber zu dem Zeitpunkt, den wir erreicht haben, 1932 bis 1933, gibt es noch keinen Grund, ihn zu meiden: Im Gegenteil, mit ihm zu verkehren ist sogar nützlich. Nicht nur, weil er den Wetterdienst leitet, er führt auch den Vorsitz des Sowjetischen Komitees zum zweiten Internationalen Polarjahr. Die Schiffe, die versuchen, sich von West nach Ost über die Beringstraße bis nach Wladiwostok eine Passage durch das

Eis zu bahnen, stehen über gestaffelte Wetterstationen entlang der sibirischen Küste in ständigem Kontakt mit ihm:
Sie senden ihm ihre Beobachtungen, und er übermittelt ihnen
seine Wettervorhersagen. Dem Eisbrecher *Sibirjakow* gelingt
1932 als erstem Schiff die Passage, ohne irgendwo zu über-
wintern; nachdem er am 28. Juli in Archangelsk am Weißen
Meer in See gestochen ist, erreicht er drei Monate später Pe-
tropawlowsk in Kamtschatka; Schmidt ist der Leiter der Expedition. Im folgenden Jahr verlässt das Dampfschiff *Tscheljuskin* Mitte Juli unter großem Andrang der Bevölkerung auf
dem Kai den Hafen von Leningrad, umrundet Schweden und
Norwegen, überquert mit Mühe und Not die Barentssee, die
Karasee, die Laptewsee, doch in der Tschuktschensee wird
das Schiff vom Treibeis eingeschlossen, driftet ab und sinkt
schließlich am 13. Februar 1934, nachdem der Druck des Eises den Rumpf aufgesprengt hat.

Schmidt hat die gesamte Besatzung evakuieren lassen, mehr
als hundert Menschen: Ziemlich ungewöhnlich für eine Po-
larexpedition, befinden sich an Bord knapp zwanzig Frauen –
eine von ihnen brachte sogar mitten in der Karasee ein Mädchen zur Welt –, außerdem Journalisten und ein Kamera-
mann, dem es zu verdanken ist, dass alles gefilmt wurde, was
ein Heldenepos werden sollte, und sogar ein konstruktivisti-
scher Dichter, Ilja Selwinski … Schmidt organisiert das Lager
wie einen idealen Mikrokosmos des Kommunismus, mit mi-
litärischer Disziplin (wer zu fliehen versucht, warnt er, wird
erschossen), täglichem Appell vor der roten Fahne zu den
Klängen der *Internationale*, Gymnastikstunden und Vorträgen
über den Historischen Materialismus (die er selbst hält). Die
Eisscholle wird eingeebnet, eine Landebahn festgestampft,

und bald tauchen zur Rettung, von provisorischen Flugplätzen an der sibirischen Küste kommend, die ersten brummenden Mühlen aus den Schneestürmen und dem Nebel auf und rutschen übers Eis. Heroen der Luftfahrt in Uniform mit Fliegermützen, Springerstiefeln, pelzgefütterten Handschuhen und großen Brillen vor den Augen. Stürmische Begrüßungen, man verfrachtet alle in kleinen Gruppen in die Flugzeuge. Am 13. April, zwei Monate nach dem Schiffbruch, ist die Evakuierung abgeschlossen, sogar die Schlittenhunde wurden gerettet. Der Letzte, der das Lager verlässt, ist der Kommandant der *Tscheljuskin*, Wladimir Iwanowitsch Woronin: Man ist nicht auf der *Costa Concordia*.

Was folgt, ist für die Geretteten und ihre Retter ein römischer Triumphzug, doch auf einer viel größeren Bühne: Entlang der gesamten 9288 Kilometer der Transsibirischen Eisenbahn drängen sich an jedem Bahnhof Menschenmengen, Flugzeuge eskortieren den Zug im Tiefflug, als sie über einen Fluss setzen, werden sie von Feuerlöschbooten begrüßt. In Moskau steigen sie in offene Wagen, der Zug fährt, von Wachen auf Pferden eskortiert, unter einem Regen aus Papierschnipseln die Teatralnaja hinunter bis zum Roten Platz, wo Stalin sie begrüßt. Eine riesige Parade wird abgehalten mit Panzern, Flugzeugen, Regimentern im Stechschritt und der schönen roten Jugend in weißen Trainingsanzügen. Was ursprünglich ein Debakel war, verwandelt sich in eine spektakuläre Feier der neuen Stärke der UdSSR. Doch er, Alexei Feodossjewitsch, ist nicht mehr dabei, kann das alles nicht mehr erleben, sein Schicksal hat sich gewendet. Während sich sein »Freund« Schmidt auf der Tribüne des Lenin-Mausoleums in die Brust wirft, den Bart vorstreckt und eine Blume im Knopfloch trägt (seltsamerweise eine weiße und keine rote Blume), ist er seit zweieinhalb Monaten im »Solowezki-Lager zur besonderen Verwendung« inhaftiert.

Die letzte glorreiche Stunde erlebte er beim Flug des Stratosphärenballons *CCCP-1*. Die Eroberung des Weltraums ist schon jetzt ein Wettstreit zwischen der Sowjetunion und den Vereinigten Staaten, aber fürs Erste steigt man nicht höher auf als bis in die Stratosphäre, und das mit einem Ballon, an dem ein großer, mit fünfundzwanzigtausend Kubikmetern Wasserstoff gefüllter Sack hängt (Rauchen streng verboten!). Ansonsten gleicht die Gondel, eine Kugel aus Duraluminium mit den aufgeprägten Buchstaben CCCP (UdSSR), kleinen Bullaugen und einer hermetisch verriegelten Luke, vollkommen einer Raumkapsel. Und die Starts, die aufgrund der Wetterbedingungen häufig abgebrochen werden, sind ebenso nervenaufreibend wie die eines Raumschiffs (wenngleich weniger spektakulär). Der Start von *CCCP-1*, der ursprünglich für den 10. September 1933 vorgesehen war, wird wegen Nebel und Regen verschoben, ebenso am 15. und am 19. September. Am 24. September in der Morgendämmerung versinkt der Militärflugplatz von Kunzewo im Osten Moskaus im Nebel. Die Sichtweite liegt unter zehn Meter. Dennoch beginnt man mit dem Aufblasen der sechshundert Ballons, die sich in der von einhundertfünfzig Männern festgehaltenen Ballonhülle befinden: Der ektoplasmische Riese richtet sich langsam auf, doch vollgesogen mit Wasser ist er zu schwer, schwankt an seinen vierundzwanzig Leinen und will zuletzt nicht abheben. In der Nacht vom 29. auf den 30. September wird das Problem behoben. Diesmal ist die Sicht gut, es gibt keinen Wind (über Moskau liegt das Zentrum eines Hochdruckgebiets), da taucht ein anderes, unerwartetes Problem auf: Der Ingenieur, der die Instrumente entwickelt hat, die im Stratosphärenballon mitfliegen sollen, und der allein sie startklar machen kann, Professor Moltschanow, ist nicht da! Sein Zug, mit dem er von Leningrad anreist, hat große Verspätung ... Alexei Feodossjewitsch studiert die ganze Nacht über das gesamte Mess-Brimborium und stellt die Instrumente ein: Meteorografen, Barografen, Höhenmesser, die Aufzeichnungsgeräte für kosmische Strahlung ...

Dank seiner Arbeit ist man am 30. September am frühen Morgen startbereit. Um acht Uhr schlüpfen die drei Ballonfahrer, Kapitän Georgi Prokofjew, der Kopilot Konstantin Godunow und der Funker Ernst Birnbaum, in die Kapsel und schließen nach einem letzten Gruß die Luke. Die Vorgeschichte zu einem Bilderbogen von Helden der Raumfahrt, auf dem Gagarin und Neil Armstrong und eine ganze Phalanx von Männern und wenig später auch Frauen in weißen Raumanzügen folgen werden. Um acht Uhr vierzig werden alle Seile gekappt, und dieses Mal steigt der Ballon auf. Er steigt sogar schnell: um neun Uhr siebzehn funkt Birnbaum zur Erde, dass er gerade die Höhe von sechzehntausendachthundert Metern, damals ein neuer Weltrekord, passiert hat. Dann sinkt die Steiggeschwindigkeit gleichmäßig, und um zwölf Uhr fünfundfünfzig, nachdem Prokofjew mehrfach Ballast abgeworfen hat, erreicht *CCCP-1*, jetzt vollkommen sphärisch, eine riesige glänzende Kugel unter Beschuss der Sonnenstrahlen, die Höhe von neunzehntausendfünfhundert Metern. Dann steigt man ab, indem man Gas ablässt, und landet ohne Probleme und wie vorgesehen etwa hundert Kilometer vom Startpunkt entfernt nahe der Stadt Kolomna, deren Bevölkerung in Massen zu der großen Korolle eilt, die am Ufer der Moskwa vom Himmel gefallen ist. »Wir beglückwünschen die unübertrefflichen Helden der Stratosphäre, die auf brillante Weise den Auftrag erfüllt haben, den die Sowjetmacht ihnen anvertraut hat«, lautet ein Telegramm, das von Stalin, Molotow, Kaganowitsch und Woroschilow unterzeichnet ist.

Die UdSSR ist damals voller Helden, Helden der Arktis, Helden der Stratosphäre, Fliegerhelden, die am Steuer von einmotorigen Maschinen mit langen Flügeln, geformt wie Brieföffner, Streckenrekorde brechen, Helden der Arbeit, Helden, die zur selben Zeit die erste U-Bahn-Linie in Moskau bauen mit Stationen, die zugleich Paläste für das Volk sind. 1934 wird der Orden »Held der Sowjetunion« geschaffen, der als Erstes den Fliegern verliehen wird, die die Besatzung der *Tscheljuskin* gerettet haben. Manche Helden haben auch Pech, werden zum proletarischen Prometheus wie die Besatzung des zweiten Stratosphärenballons *Ossoawiachim-1*: Sie steigen am 30. Januar 1934 bis in eine Höhe von zweiundzwanzigtausend Metern auf, funken von dort oben ihre »herzlichen Grüße an den großen und historischen 17. Parteikongress«, der gerade in Moskau tagt, »an den großen und geliebten Genossen Stalin und die Genossen Molotow, Kaganowitsch und Woroschilow«, doch der Abstieg misslingt und endet im freien Fall. Sie erhalten ein Staatsbegräbnis auf dem Roten Platz, man errichtet Denkmäler (die drei Amerikaner des *Explorer-1* werden sechs Monate später auch im freien Fall landen, aber ihnen gelingt es, sich aus der Kapsel zu befreien und mit dem Fallschirm abzuspringen). Über die für die sowjetische Rhetorik charakteristische Emphase hinaus ist es eine Zeit des Glaubens an den wissenschaftlichen und technischen

37

Fortschritt, der Überzeugung, dass der Sozialismus seine Kräfte vervielfacht, indem er sie in den Dienst des Volkes stellt, eine Zeit von glühender Begeisterung und großen Opfern. »Die Zukunft, so schien uns, war unser unbestrittenes Eigentum«, hat Isaak Babel geschrieben und dabei an die Zeit des Bürgerkriegs erinnert, als »der Krieg eine stürmische Vorbereitung auf das Glück und das Glück selbst eine Eigenschaft unseres Charakters« war. Der Satz fasst auf großartige Weise die gewaltigen Hoffnungen jener Epoche zusammen, und er kann einen nicht kaltlassen, wenn man sich erinnert, dass Babel in den ersten Tagen des Jahres 1940 im Gefängnis Butyrka erschossen wird. Man ertappt sich bei der Frage, was geschehen wäre, wenn Stalin in seinem Wahnsinn nicht die gesamte Elite des Landes, Wissenschaftler, Ingenieure, Intellektuelle, Künstler, Armeeangehörige, hätte enthaupten lassen, wenn er nicht die Landbevölkerung und selbst das halbe Proletariat, in dessen Namen alles geschah und als dessen Vaterland sich die UdSSR verstand, dezimiert hätte, wenn nicht der Terror den Enthusiasmus als Antriebskraft des Lebens ersetzt hätte. Vielleicht hätte es den unauffindbaren »Sozialismus« gegeben, wie ihn die »Helden« aufzubauen gedachten, auch die, die wie Alexei Feodossjewitsch Wangenheim keine Helden, sondern nur ehrliche Sowjetbürger waren, die ihre Arbeit liebten und überzeugt waren, dem Volk zu dienen, indem sie ihr Fachwissen einsetzten? Vielleicht hätte sich ein System bewährt, das dem Kapitalismus in vielerlei Hinsicht vorzuziehen wäre? Vielleicht wäre die ganze Welt, abgesehen von einigen rückständigen Ländern, sozialistisch geworden?

Hören wir auf zu träumen.

5

An jenem Tag, dem 8. Januar 1934, hatte die Regierungskommission zur Erhaltung des Leichnams von W. I. Lenin die Mumie von Wladimir Iljitsch im Mausoleum am Roten Platz sorgfältig untersucht. Die Mitglieder der Kommission waren in höchstem Maße zufrieden mit dem Resultat. Lenin wirkte frisch wie eine Rose, was, wie sie betonten, »eine wissenschaftliche Leistung von weltweiter Bedeutung ist, die in der Geschichte nicht ihresgleichen hat« (die Pharaonen konnte man ja schlecht anführen). Es war zu erwarten, dass der Leichnam unbegrenzt erhalten blieb, ohne Schaden zu nehmen (freilich konnte die Kommission nicht ahnen, dass die Zurschaustellung der Leiche des kleinen Mannes mit dem Mongolengesicht, der einen dunklen Anzug mit Krawatte trug, als würde er auf ein Galadiner gehen, die Volksmassen nicht ewig begeistern würde). Die Kommission forderte die Professoren Worobiow und Zbarsky auf, die für diese außergewöhnliche Leistung der russischen Wissenschaft verantwortlich waren, in einer Denkschrift ihre Methode in allen Einzelheiten zu dokumentieren, damit das Verfahren in Zukunft wiederholt werden könne (an wen dachten sie dabei?). Molotow, der den Bericht der Kommission gegenzeichnete, schlug vor, die beiden Einbalsamierer mit dem Leninorden auszuzeichnen und jedem »einen guten Wagen« zum Geschenk zu machen.

Einer, der am Vorabend verstorben war, sollte nicht einbalsamiert, sondern verbrannt werden. Das war Andrei Bely. Der symbolistische Dichter, der geniale und doch ein wenig versponnene Verfasser des Romans *Petersburg*, wurde von einer Gruppe von Schriftstellern zu Grabe getragen, darunter Michail Prischwin, Nikolai Ewreinow, Vera Inber, Boris Piljnjak (der später erschossen wurde), Boris Pasternak und Ossip Mandelstam (der im Durchgangslager von Wladiwostok sterben sollte). Als »notorischer Vertreter der bourgeoisen Literatur und des Idealismus«, wie die *Prawda* bemerkte, hat Andrei Bely aufrichtig versucht, die Ideen des sozialistischen Aufbaus zu verinnerlichen. »Als letzter großer Repräsentant des russischen Symbolismus«, schreibt die Zeitung, »teilte er nicht das Schicksal der anderen Führer dieser literarischen Strömung (Mereschkowski, Sinaida Hippius, Balmont), die im Sumpf der weißen Emigration dahinvegetieren: Er ist als sowjetischer Schriftsteller gestorben.« Der wahre Name von Bely war Boris Bugajew, er war der Sohn jenes Direktors des Instituts für Mathematik, der Alexei Feodossjewitsch 1901 aus der Moskauer Universität geworfen hatte.

Ansonsten war dieser 8. Januar ein normaler sowjetischer Tag. Helden der Arbeit und Saboteure bestimmten die Schlagzeilen. Die *Iswestja* meldete, 1933 seien alle Ernterekorde gebrochen worden dank der klugen Politik der Partei, die über die Sabotage der Kulaken triumphiert und den Aufbau von Kolchosen sowie die Mechanisierung vorangetrieben habe (und damit die furchtbare Hungersnot in der Ukraine verursacht hat, doch das war der *Iswestja* entgangen). Vermutlich schließt der Fortschritt bei der Mechanisierung Probleme mit Traktoren nicht aus, der fünfzigtausendste Traktor, der auf den Namen »Siebzehnter Kongress« getauft wurde, fuhr in einer Fabrik in Charkow vom Band; im Reparaturzentrum in Tadschikistan drehte man in der Zwischenzeit jedoch Däumchen und erfüllte nur 0,3 Prozent des Plansolls! Sie haben richtig gelesen: Null Komma drei Prozent. Für eine erheblich geringere Abweichung war der Direktor des Kautschuk-Kombinats in Jaroslawl gefeuert worden und wartete nun auf den Abtransport zur Umerziehung durch Arbeit: Hatte dieser unverschämte Schakal, dem der Plan eine Produktion von neunhunderttausend Reifen vorschrieb, nicht am 23. Dezember erklärt, das Planziel sei nicht einzuhalten? Nicht einzuhalten! »Das von der Regierung aufgestellte Planziel ist Gesetz«, hielt die *Prawda* entgegen: »Sich dem zu widersetzen ist eine Verletzung der Parteidisziplin und des sowjetischen Rechts.« Allein, dieser beklagenswerte Michailow (so hieß der Direktor und Saboteur) war nicht der Einzige, der dem Karren des Sozialismus auf niederträchtige Weise Knüppel zwischen die Räder warf, die Traktoren-Werkstätten in Zentralasien mussten dreitausend Pleuelstangenlager wegen Bruchgefahr zurückschicken, eintausendneunundvierzig Kolben aus Fabrik Nummer 17 hatten nicht die geforderten Maße, und die Kolbenringe aus der Fabrik Frunze in Pensa waren alle fehlerhaft! Und was soll man zu der Schuhfabrik Skorochod (»Geh schnell«) in Leningrad sagen, die sechzehntausend Paar Sohlen an Promtechnika zurückschicken musste? Wenn man wusste, dass Promtechnika am Tag genau sechzehntausend Paar Sohlen produzierte, bedeutete dies, dass die Fabrik einen ganzen Tag umsonst gearbeitet hatte! Wen hielt man hier zum Narren?

Und außerdem gab es zu meiner Rechten, auf der Seite der Saboteure, den Genossen (wie lange noch?) Russanow, Direktor der Eisenbahnlinie Moskau–Belomorsk (die Alexei Feodossjewitsch bald in einem Viehwaggon mitnehmen sollte), der sich beklagte, er habe nicht genug Rollmaterial, dabei stand ihm genug zur Verfügung, nur dass sich unter ihm die Schlamperei derart ausbreitete, dass die Züge niemals pünktlich zur Abfahrt bereitstanden. Mit dem Genossen oder vielmehr baldigen Ex-Genossen Schukow, dem Direktor der Eisenbahnlinien nach Westen, verhielt es sich ebenso. Und ebenso mit dem Direktor der Eisenbahnlinien nach Süden, der die Beladung mit Kohle aus dem Donbass verschleppte. Und was sagt man zu den Taugenichtsen aus dem Elektrizitätswerk Perm, die mit ihren Stromausfällen die Produktion zu den ungelegensten Zeiten durcheinanderbrachten!

Zum Glück gab es, zu meiner Linken, die Helden, die Stoßarbeiter, die den Plan übererfüllten. Die begeisterten Bäuerinnen und Bauern der Kolchose »Projektor«, die versprachen, noch mehr und noch besser zu arbeiten. Die Aktivisten der Metro-Baustelle, die sich unter der Bauleitung von Genosse Kaganowitsch dafür einsetzten, den Tunnel der ersten Linie bis zum 17. Jahrestag der Oktoberrevolution fertigzustellen. Die Kolchose- und Sowchosebauern aus Adscharien, die als Geschenk an die Delegierten des 17. Parteikongresses und an die Moskauer Arbeiter siebzehn Eisenbahnwaggons mit Clementinen, Orangen und Zitronen in die Hauptstadt sandten. Die Stoßarbeiterinnen aus fünfundzwanzig Leningrader Fabriken schickten eine Liebeserklärung an Stalin:

»Großer Meister, bester Freund, lieber Genosse Stalin,
die Vergangenheit ist ein für alle Mal abgeschafft!
Wir standen immer auf der Seite der Bolschewiken,
das Bewusstsein der Arbeiterin ist so weit über sich
hinausgewachsen, dass man sie nicht mehr
wiedererkennt.
Das Leben wird immer schöner und reicher.
Wir wollen so viel wie möglich arbeiten, wir wollen alle
Aufgaben so gut wie möglich erfüllen.
Genosse Stalin! Du hast unser Land unbesiegbar
gemacht.«

Und der Beweis dafür, dass das Leben ständig schöner und
reicher wurde, war das Gastronom an der Twerskaja Ecke
Bolschoi Gnezdnikowsky Pereulok in Moskau: Eine Repor-
tage zeigte das Geschäft, das einzustürzen drohte unter der
Last von Würsten aus Krakau, den zu Girlanden geflochte-
nen Würstchen aus Poltawa, den Schinken, »den besten Re-
präsentanten des Schwarzen Meeres, des Asowschen Meeres
und der Barentssee sowie der sowjetischen Flüsse«, den He-
ringen aus Kertsch, den Lachsen, Stören, Zandern, Meer-
äschen usw. Es war eine echte Symphonie, die den Journalisten der *Prawda*, der dieser Worte und poetischen Bilder
mächtig war, mit Fug und Recht an die Schilderungen aus
Zolas *Bauch von Paris* erinnerten. In den Kozitsky-Werken in
Leningrad wurde das erste Fernsehgerät, Modell TK-1, hergestellt, die Produktion der elektrischen Grammofone begann,
über der Fabrik »Kommunistische Jugendinternationale«
wehten rote Fahnen, mit denen man den Start der Produktion
von Nähmaschinennadeln begrüßte, einundzwanzig Fahrrä-
der aus Fabriken in Moskau, Charkow und Pensa wurden für

ein tausendzweihundert Kilometer langes Rennen entlang der Schwarzmeerküste hergerichtet, um das Material zu testen. Die Agitprop-Staffel der paramilitärischen Ossoawiachim war in Charkow gestartet, um nach Stalino in den Donbass zu fliegen. Hurra, der Ural!

Vielleicht überflog Alexei Feodossjewitsch diese Tagesmeldungen mit zerstreutem Blick, ohne zu wissen, dass die Nr. 5894 der *Prawda* die letzte Ausgabe war, die er an einem Kiosk kaufen würde (oder hat man sie ihm vielleicht ins Büro geliefert?), die letzte auf alle Fälle in seinem Leben als freier Mann. Hat er sich an den Schuft Nikolai Bugajew erinnert, den Vater von Bely, der ihn dreiunddreißig Jahre zuvor aus der Moskauer Universität ausgeschlossen hatte, wo er jetzt selbst Physik unterrichtet? Dennoch, dieser Bugajew war ein großer Mathematiker. Vielleicht hat er mit einem unterdrückten Gähnen die Geschichte über den Direktor des Kautschuk-Kombinats von Jaroslawl gelesen, oder er hat sich, wer weiß, darüber empört, ohne zu wissen, dass er am nächsten Tag selbst zum Saboteur werden und das sowjetische Recht brechen würde. Ohne zu wissen, dass diese Ausgabe der *Prawda* die letzte war, in der man ihn, den Direktor des Vereinigten Hydrologischen und Meteorologischen Dienstes der UdSSR, den Präsidenten des Hydro-Meteorologischen Komitees beim Volkskommissariat, den Leiter des Wetterdienstes, den Präsident des Sowjetkomitees zur Organisation des zweiten Internationalen Polarjahres, ihn, der einen Haufen weiterer Titel trug, noch Genosse Alexei Feodossjewitsch Wangenheim nennen würde? In einer Zeit, als man ihn ganz einfach Genosse nannte?

Ich vermute – doch vielleicht irre ich mich –, dass er all diesen Geschichten von Traktoren, Nähmaschinennadeln und ruhmreichen Würsten seine Aufmerksamkeit nur beiläufig schenkte. Nicht, dass er kein guter Kommunist gewesen wäre, aber sein Gebiet sind die Wolken, die Winde, die Regenschauer, die Isobaren, das Packeis auf der Nordmeerroute. Sein Anteil am Aufbau des Kommunismus besteht darin, dem revolutionären Proletariat zu helfen, die Naturgewalten zu beherrschen. Jeder arbeitet, jeder kämpft an seinem Platz: Er ist ein organisierter Mensch. Hat ihm die Geschichte über die Professoren, die Wladimir Iljitsch aufknöpften, um nachzusehen, ob er Schimmel ansetzte, ein Lächeln ins Gesicht gezaubert? Ich glaube nicht, einen Anflug von Respektlosigkeit kann ich mir bei ihm nicht vorstellen. Gerne täte ich es, doch es gelingt mir nicht, leider. Interessierten ihn damals Nachrichten aus dem Ausland? Aus London telegrafierte man, dass man mit zunehmender Sorge das Schicksal von Georgi Dimitrow beobachte, der von der deutschen Regierung trotz seines Freispruchs im Prozess um den Reichstagsbrand nicht freigelassen wurde. Aus Paris meldete die Nachrichtenagentur TASS, dass sich der ehemalige Regierungschef Édouard Herriot auf einer Vortragsreise in Südfrankreich befand, um die Errungenschaften der sowjetischen Industrie und Landwirtschaft zu preisen. (Man hatte Herriot 1933 durch die zerstörte Ukraine gefahren, aber natürlich hatte man ihm nur fröhliche, unter Stalin-Porträts schlemmende Kolchosbauern gezeigt, was ihm erlaubte »mit der Schulter zu zucken«, wenn man ihm mit der Hungersnot kam. In *Alles fließt* erwähnt Grossman den Besuch von Herriot, »den man ins Gebiet Dnjepropetrowsk gebracht habe, wo das Massensterben am schlimmsten war, wo die Menschen Menschen aßen«, und

»in einem Dorf … in den Kindergarten der Kolchose geführt, und dort habe er gefragt: Was habt ihr heute zu Mittag gegessen?« Die Kinder haben geantwortet: »Hühnersuppe mit einem Pastetchen und Reispuffer.« Herriot war nicht so scharfsichtig wie Gide, manchmal beurteilen Schriftsteller das Weltgeschehen hellsichtiger als Politiker.) Es gab auch eine Affäre, die damals noch »Affäre um die Pfandleihebank Bayonne« hieß, eine geniale Betrügerei, die ein Hochstapler namens Alexandre Stavisky angeleiert hatte. Eine Korrespondentenmeldung vom 7. Januar brachte seine zahlreichen Verbindungen zu Kreisen französischer Spitzenpolitiker auf die Titelseite. Vielleicht fand man »den schönen Sascha« gerade, als Alexei Feodossjewitsch diesen Artikel überflog, »nach versuchter Selbsttötung durch einen Schuss aus dem aufgesetzten Revolver« sterbend in einem Chalet in Chamonix: Das erfuhren die Leser der *Prawda* jedoch erst am Folgetag, der Artikel vom 8. Januar war der erste eines Feuilletons, von dem der Meteorologe nicht erfahren sollte, wie es weiterging, das ihn aber wahrscheinlich nicht über die Maßen interessiert hätte. Vielleicht mündete seine Lektüre (zur Bestätigung seiner Überzeugungen) in ein paar vagen Betrachtungen über die Verderbtheit der kapitalistischen Welt, den unausweichlichen Sieg des Sozialismus usw.

Im Fernen Osten verstärkte Japan seinen Druck auf Nordchina und bereitete sich darauf vor, aus dem schwachen Puyi »den letzten Kaiser« zu machen. In Schanghai befanden sich die beiden inhaftierten Agenten der Komintern Paul Ruegg und Gertrud Noulens, mit echtem Namen Jakob Rudnik und Tatjana Moisejenko und nicht im Geringsten Schweizer Bürger, wie ihre Pässe vorgaben, seit neunzehn Tagen in einem inzwischen lebensbedrohlichen Hungerstreik; in den Botschaften von China oder vielmehr von dem, was von China geblieben war, trafen telegrafische Protestnoten aus der ganzen Welt und insbesondere aus Paris ein (man war mitten in der *Condition humaine*, Malraux' Roman sollte den Prix Goncourt erhalten). In Harbin, in der von Japan besetzten nördlichen Mandschurei, hatte man den gefolterten Leichnam eines jungen französischen Pianisten aufgefunden. Der arme Simon Kaspé, Sohn eines reichen jüdischen Händlers aus der Stadt, war drei Monate zuvor während eines Besuchs bei seiner Familie von Handlangern der Russischen Faschistischen Partei entführt worden, die ein Lösegeld von hundert Millionen Dollar verlangten. Sie hatten ihm, neben anderen Misshandlungen, beide Ohren abgeschnitten. Die japanische Polizei hatte nichts getan, um sie zu fassen (und als sie verhaftet wurden, begnadigte sie der Kaiser).

Es gab zu jener Zeit keinen Wetterbericht in der *Prawda*. Hatte man ihn für nutzlos gehalten? Oder hatte Alexei Feodossjewitsch vergeblich versucht, dafür eine ständige Rubrik im Organ des Zentralkomitees zu bekommen? Ich weiß es nicht. Die *Prawda* war, wie man sich denken kann, eine schmucklose Zeitung mit einem einzigen Foto, das die Herstellung von Nähmaschinennadeln illustrierte, einem nicht sehr fotogenen Motiv. Hätte es einen Wetterbericht gegeben, hätte er wohl gemeldet, dass eine große Antizyklone von 1045 Millibar mit Zentrum über dem Ural in den kommenden Tagen für sehr mildes Wetter im Westen des Landes sorgen und dabei kräftige Schneefälle von Karelien im Norden bis nach Mordwinien im Süden verursachen würde. Dagegen brachte er sehr kalte Temperaturen bei klarem Himmel in den äußersten Os-

ten von Westsibirien bis an die Pazifikküste. Für den folgenden Tag war keine maßgebliche Wetteränderung zu erwarten:
schwere Schneefälle in der Region von Moskau und an der
Wolga, während im gesamten Osten weiterhin eine trockene
Kälte bei Temperaturen zwischen minus zwanzig bis minus
dreißig Grad herrschen würde. Doch am übernächsten Tag …
Zwei Artikel haben Alexei Feodossjewitschs Aufmerksamkeit
sicherlich für einen Augenblick gefesselt, wenn er an jenem
Tag Zeit hatte, die *Prawda* zu lesen: Ilja Selwinski, der futu-
ristische Dichter, informierte per Radiogramm, dass die *Tscheljuskin*, nachdem sie im Dezember auf dem Eismeer Richtung
Norden gedriftet war, sich nun wieder nach Südosten beweg-
te. Ein heftiger Nordostwind zerbrach das Packeis und türm-
te es zu meterhohen Blöcken auf. Das Eis drückte mit großer
Kraft gegen den Schiffsrumpf, der im Augenblick noch gut
standhielt. Trotzdem hatte man Vorkehrungen für eine Evakuierung getroffen, Lebensmittel und Zelte auf die Brücke
ausgelagert. Schmidt dachte an alles. Die wissenschaftliche
Arbeit ging weiter. Und schließlich noch ein anderer, kleiner
Artikel: Woroschilow hatte Stalin informiert, dass auf dem
Gelände von Kunzewo die Vorbereitungen für den Flug des
Stratosphärenballons *Ossoawiachim-1* begonnen hätten. Die
drei Stratonauten Fedossejenko, Wassenko und Ussyskin
standen bereit. Das Ziel war ein neuer Weltrekord anlässlich
des 17. Parteikongresses, der am 26. Januar in Moskau beginnen sollte. Doch das alles wusste Alexei Feodossjewitsch
bereits.

6

Am Abend dieses 8. Januars 1934 schneit es in Moskau. Die roten Sterne lodern am violettblauen Himmel, die Türme und Mauerzinnen, dunkelrot wie eingetrocknetes Blut, verwandeln den Kreml tatsächlich in jene »für apokalyptische Gestalten passende Wohnstätte«, die der Marquis de Custine bereits im 19. Jahrhundert darin sah. Wenige schwarze Automobile rollen langsam über die breiten weißen Prachtstraßen, die Straßenbahnen werfen Blitze, auf den Fußgängerwegen hasten die Passanten mit hochgeschlagenen Krägen vorüber, die Tschapka tief ins Gesicht gezogen. In Moskaus Boden tun sich Abgründe auf, am Flussufer hat die Zerstörung der Christ-Erlöser-Kathedrale ein riesiges Loch hinterlassen, aus den Schächten, die zur Baustelle der ersten U-Bahn-Linie führen, steigen Rauchsäulen auf. Alexei Feodossjewitsch hat Karten für die Abendvorstellung im Bolschoi gekauft, wo *Sadko*, eine Oper von Rimski-Korsakow, gegeben wird, die von den Unterwasserabenteuern des Händlers Sadko mit der Tochter des Meerkönigs erzählt. Er hat sich mit seiner Frau unter der Kolonnade am Eingang des Opernhauses verabredet. Sie wartet vergeblich, die letzten Zuschauer sind schon längst hineingegangen, nachdem sie den Schnee von den Mänteln geklopft, ihre Gummiüberschuhe abgelegt haben, es hat schon geklingelt, er kommt nicht, der Schnee zieht Streifen durch die lilablauen Lichtkreise um die roten

Sterne auf der Spitze der Kremltürme, er wird nicht kommen, um diese Uhrzeit ist er nicht weit entfernt vom Bolschoi, nur ein paar Hundert Meter, und doch unendlich weit weg, in einer Welt, aus der man viel schwieriger zurückkommt als aus der Unterwasserwelt von Sadko: im »Isolationstrakt« der Lubjanka, dem Sitz der GPU.

Ich weiß nicht, ob Alexei Feodossjewitsch die nahende Gefahr gespürt hatte, ich gehe aber davon aus – vorausgesetzt, sein Glaube an den Kommunismus hat ihn nicht völlig blind gemacht. Als Sohn eines Adeligen und Bruder eines Emigranten war er jedenfalls ein natürlicher Kandidat für die paranoiden Verdächtigungen der Staatspolizei. Seit einiger Zeit zog sich der Kreis um ihn zusammen. Nicht nur um ihn, denn es war das Charakteristische des Terrors, den Stalin in Gang setzte, dass niemand ausgespart wurde, ganz gleich, wie hoch seine Position im Staat war, wie zuverlässig er seine niederen Aufgaben erledigte. Jedem ist der Tod auf den Fersen. Die Funktionäre des NKWD, die die Verhöre führen, werden eines nicht allzu fernen Tages selbst verhört und erschossen werden, ebenso der schreckliche Jagoda, Volkskommissar des Inneren und Chef der Lubjanka. Der Kreis zog sich also immer enger, nicht nur um ihn, aber auch um ihn. Im März 1933 hatte man in den Reihen des Volkskommissariats für Landwirtschaft, zu dem sein Wetterdienst gehörte, eine angeblich konterrevolutionäre Organisation entdeckt, die mehrheitlich aus Personen »bourgeoiser und großgrundherrschaftlicher Herkunft« bestand. Fünfunddreißig »Komplotteure« waren zusammen mit ihrem Chef, Moise Wolf, erschossen worden. Außerdem hatte ein Kerl namens N. Speranski, der immerhin einer seiner Untergebenen war, giftige Artikel geschrieben.

Wangenheim hatte sich für die Einführung der »norwegischen Theorie« in die meteorologischen Kreise der Sowjetunion stark gemacht, das heißt, um es kurz zu machen, für die Übernahme einer Theorie über die Entstehung von Tiefdruckgebieten aus den Wellen einer Wetterfront, bei der die kalte polare Luft mit tropischer Luft in Berührung kommt. Einer derer, die diese im 20. Jahrhundert weitgehend akzeptierte Theorie entwickelt hatten, war der Schwede Tor Bergeron. Ihn hatte man zu einer Vortragsreise in die UdSSR eingeladen, in Fachzeitschriften waren Beiträge erschienen, insbesondere der Artikel eines jungen Mitarbeiters des Wetterbüros, Sergej Chromow, mit dem Titel »Neue Ideen in der Meteorologie und ihre philosophischen Folgen«. »Neue Ideen«, im Ernst? Das war schon mal verdächtig. Als ob Marx-Engels-Lenin-Stalin nicht genügten, nicht auf alles eine Antwort hätten … Speranski wirft diesem leichtsinnigen Kopf vor, dass er nicht auf Lenin verwiesen hat (»es scheint unglaublich, dass jemand ›zufälligerweise‹ Lenin vergisst«), und noch schlimmer, dass er unter den empfohlenen Veröffentlichungen die Werke von Lenin übergangen hat! Er fordert dazu auf, »die ausländische Klassenpropaganda, die sich unter einem marxistischen Deckmantel verbirgt, entschieden zurückzuweisen«. In einem anderen Artikel kommt er darauf zurück und wettert gegen »den Müll, der von Feindeshänden absichtlich angehäuft wird«, und gegen »eine menschewistische Strömung, wie sie sich in der Hydro-Meteorologischen Presse manifestierte«. Lenin und Stalin übergehen, ausländische Propaganda, menschewistische Strömung: In der damaligen UdSSR, und vor allem in der UdSSR, die gerade geboren wird, sind das furchtbare Worte. Worte, die töten. Wangenheim ist klar, dass die Vorwürfe auf ihn zielen, er ist

51

Chromows Chef, Direktor der Zeitschrift, die diesen »Haufen Müll« veröffentlicht hat: Er unterstreicht die besonders mörderischen Passagen.

Im November 1933 schließlich wird einer seiner engen Mitarbeiter beim zentralen Wetterdienst, Michael Loris-Melikow, in Leningrad verhaftet. Beim Verhör setzt er sich an den Tisch, verrät die Existenz einer konterrevolutionären Organisation innerhalb des Wetterdienstes, deren heimlicher Kopf Professor Wangenheim sei, »ein autoritärer Charakter und Karrierist mit einer feindseligen politischen Einstellung zur Partei«. Das Ziel der Verschwörung: Sabotage des Kampfs gegen die Dürre durch Desorganisation des Netzes von Wetterstationen und Fälschung der Wettervorhersagen (es ist das erste Mal, dass man schlechte Wetterprognosen mit dem Tod bezahlt). Und Loris-Melikow liefert reichlich Namen, nicht nur den seines Chefs, auch die anderer Kollaborateure, darunter einen gewissen Kramalej, der wie er adeliger Herkunft ist (und dazu wie Wangenheim einen emigrierten Bruder hat, der in der französischen Fremdenlegion dient). Man verhaftet also Kramalej, der die Aussagen von Loris-Melikow bestätigt und weitere Namen hinzufügt. Von da an ist die Akte bei den Spürhunden der GPU ausreichend gefüttert, um Wangenheims Verhaftung vorzunehmen.

Der Einzige unter den Verhafteten, der niemanden denunziert, der alle Anschuldigungen zurückweist, ist ein gewisser Gavril Nazarow, ohne Parteizugehörigkeit, bäuerlicher Herkunft. Obwohl herzkrank und nervlich nicht allzu belastbar, bietet er den Männern der GPU die Stirn. Ich erwähne dies nicht, um die Überlegenheit der bäuerlichen gegenüber der adeligen Abstammung zu behaupten, sondern vor allem, um ihm und seinem einsamen Mut eine späte Ehre zu erweisen, und dann, um die ewige Frage zu stellen, die die stalinistischen Prozesse aufwerfen: Warum gestehen die Beschuldigten, hohe Würdenträger oder kleine Funktionäre, Generäle, Kampfgenossen Lenins, Gründer der Bolschewistischen Partei oder einfache Meteorologen, zu guter Letzt all die erfundenen Verbrechen, derer sie der Geheimdienst anklagt? Es hat den Anschein, als sei die Folter, die in den Jahren des »Großen Terrors« von 1937 bis 1938 übliche Praxis war, in den Jahren 1933 und 1934 noch nicht systematisch angewandt worden. Doch da sind die Schläge, die Demütigungen, die Drohungen gegenüber der Familie, die man unter allen Umständen schützen will, indem man den Untersuchungsbeamten entgegenkommt. Da ist die körperliche Erschöpfung nach pausenlosen Verhören, Tag und Nacht ohne Schlaf, durch Einheiten, die sich ablösen, die ständig auf dieselben, leicht abgewandelten Fragen zurückkommen, die das Bewusstsein kaum noch wahrnimmt. Da ist der moralische Zusammenbruch, wenn man plötzlich als Volksfeind behandelt wird, nachdem man sich daran gewöhnt hat, die gesamte Welt als manichäische Konfrontation zwischen Volk und Volksfeinden anzusehen, der nichts entgeht, da ist der Glaube an die Partei, der allem zum Trotz fortbesteht, das irrationale Vertrauen in ihre Führer und in den größten, den klarsichtigsten, den menschlichsten von ihnen … Man mutmaßt über die Gründe, doch in Wahrheit weiß man gar nichts darüber. Wer diese Abgründe nie kennengelernt hat, kann seine Fantasie nicht auf Reisen schicken.

Gavril Nazarow hat auf jeden Fall nichts gestanden, nicht gegen andere ausgesagt. Er wurde nach Artikel 58, Paragraf 7 des Strafgesetzbuchs der Sozialistischen Republik Russland, der Wirtschaftssabotage unter Strafe stellt, zu fünf Jahren Lagerhaft verurteilt. Ich weiß nicht, wo und wann er gestorben ist, aber ich bin sicher, dass er nicht in seinem Bett starb. Loris-Melikow starb 1936 in einem Lager in Uchta. Von den beiden Offizieren der GPU, die seine Anklageschrift unterzeichneten, Derenik Apressian und Alexander Tschanin, wurde der erste 1939, der zweite 1937 erschossen. Der Leiter der GPU, Genrich Jagoda, der die Haftbefehle von Loris-Melikow und anderen »Saboteuren« ausgestellt hatte, wurde im März 1938 erschossen, nachdem er sich (insbesondere) schuldig bekannte, Gorki vergiftet zu haben. *It is a tale, told by an idiot, full of sound and fury, signifying nothing …*

Wir schreiben also den 8. Januar 1934. Der Haft- und Durchsuchungsbefehl Nr. 14234 wird ausgestellt von Jagodas Adjutanten Georgi Prokofjew (namensgleich mit dem Piloten des Stratosphärenballons *URSS-1*, erschossen 1937). Die Durchsuchung findet im Büro und bei Alexei Feodossjewitsch zu Hause in der Dokutschajew Pereulok Nr. 7 statt. Bei meinem letzten Moskauaufenthalt wollte ich sehen, ob das Gebäude noch existiert, und tatsächlich steht es noch, ist eines der wenigen in der Straße, die nicht abgerissen worden sind. Es liegt unweit der riesigen Sucharewskaja-Straße am Platz der drei Bahnhöfe und der stalinistischen Wolkenkratzer (die es damals noch nicht gab), des Hotels Leningrad und des Ministeriums für Schwerindustrie. Das kleine, neoklassizistische Gebäude mit cremefarbenem Anstrich, einem Stockwerk zur Straße und zweien auf den Hof hinaus, in den man durch ein

Tor gelangt, beherbergt heute die Odojewski-Musikschule. Ein paar dünne Klaviertöne dringen aus der ersten Etage, im Hof schlittern Kinder über das Eis (es ist Dezember, das bestätigen auch die blauen Glühbirnen der bescheidenen Weihnachtsdekorationen). Seltsam, sich vorzustellen, dass die grausame Geschichte, die ich heute erzähle, achtzig Jahre zuvor in diesem friedlichen, der Musik gewidmeten Haus begann – seltsam, aber in welchem Haus in Moskau haben sich keine schrecklichen Dinge abgespielt?

7

Das gewaltige Gebäude der Lubjanka, eine trapezförmige Festung mit acht Stockwerken, die mehrere Innenhöfe umschließt, war Sitz der Geheimpolizei, die oft ihren Namen änderte – anfangs als Tscheka bezeichnet, nannte man sie danach GPU (ein Akronym ihres Namens, der so viel wie »Staatliche politische Verwaltung« bedeutet) oder auch OGPU, wenn man ein »O« für »Objedinjonnoje« hinzufügt, was »Vereinigte« heißt. Die GPU ging im Juli 1934 im »Volkskommissariat für Innere Angelegenheiten« NKWD auf. (Heißt es »der« oder »die« GPU? Beide Geschlechter sind gebräuchlich, da es sich jedoch um ein russisches Femininum handelt, gibt es keinen Grund, das Geschlecht im Französischen zu ändern, ob es Aragon mit seinem Liebesschrei für einen der schlimmsten Polizeiapparate in der Geschichte – »Ihr, die man euch beugt und euch tötet, fordert einen GPU« – gefällt oder nicht.) Die Lubjanka war also der Sitz der Geheimpolizei, die immer grausam war, egal wie sie sich genannt hat, und sie war ebenso Gefängnis und obendrein Hinrichtungsstätte: Man leistete hier ganze Arbeit, von der »Voruntersuchung« bis zur Vollstreckung des Urteils. Diese fand in den Kellerräumen statt. Der lediglich mit seiner Unterwäsche bekleidete Gefangene (sein Tod allein reichte nicht aus, er musste außerdem gedemütigt werden) wurde in ein Zimmer geführt, das mit einem geteerten Gewebe ausgelegt war, und dort schoss man ihm eine Kugel in den Nacken, in der Regel mit einem 7,62 Nagant-Revolver mit kurzem Lauf. Dann spritzte man den Bodenbelag ab, auf allen Stockwerken der Lubjanka war man sehr auf Sauberkeit bedacht. Dort, in diesen Kellerräumen, wurden beispielsweise Sinowjew und Kamenew nach dem ersten »Moskauer Prozess« hingerichtet. Doch vor allem zahllose andere, deren Namen aus unserem Gedächtnis verschwunden sind.

Man kann die einen erschlagende, graue und ockergelbe Fassade der Lubjanka mit ihren rosafarbenen Gesimsen auf dem gleichnamigen Platz am Ausgang der Metrostation desselben Namens nicht ohne Bestürzung betrachten, nicht ohne jene Art von Betroffenheit, die einen beim Anblick eines Schreckensortes befällt. Ich sage »man«, doch von wem spreche ich eigentlich? Von denjenigen, für die zu einem bestimmten Zeitpunkt ihres Lebens die revolutionäre Hoffnung und ihr erbärmlicher Tod auf die eine oder andere Weise von Bedeutung waren. Denn wenn es einen Ort gibt, der diesen Massenmord an einem Ideal verkörpert, das monströse Ersetzen des Enthusiasmus durch Terror, von Genossen durch Polizisten, dann ist es die Lubjanka. Hier ist das Zentrum jener umgekehrten Alchemie, die Gold in schändliches Blei verwandelt hat. Wie viele Tausend freie und mutige Männer und Frauen sind aus diesem Schlachthaus gebrochen und versklavt wieder herausgekommen? Ich idealisiere den Kommunismus bestimmt nicht, aber ich weiß auch von der Hoffnung, die er nährte, von der großzügigen Kraft, die er in Bewegung setzte. Wie viele Tausend Kommunisten wurden ermordet in den Kellern dieses riesigen bourgeoisen Gebäudes in schwerfälligem, auf Italienisch getrimmtem Stil, das ursprünglich

Sitz einer Versicherungsgesellschaft war? Die Bestürzung, die Betroffenheit, von der ich spreche, scheint es für viele in Moskau nicht zu geben. Die zahlreichen Passanten auf dem Platz schenken dieser infamen Gedenkstätte keine besondere Beachtung. Gibt es vielleicht noch einen Rest von Angst? Das einzige Schild auf den Mauern weist darauf hin, dass Juri Andropow hier von 1967 bis 1982 den KGB leitete. Nicht auf die zahllosen Märtyrer, denen einige Stockwerke unter Andropows Büro eine Kugel in den Kopf gejagt wurde. Um die Lubjanka herum haben sich die Luxusgeschäfte des neuen Russlands angesiedelt, die Parfümerien, die Schmuckgeschäfte, die Guccis, Ferraris, Boutiquen und Ausstellungshallen, bevölkert von Hostessen auf Stilettoabsätzen und bewacht von Muskelprotzen in schwarzen Anzügen.

Ein leerer Raum, grell erleuchtet. Ein Mann in weißem Kittel. Ziehen Sie sich aus. Drehen Sie sich um. Bücken Sie sich. Spreizen Sie die Beine. Der Aufenthalt in der Lubjanka beginnt mit einer Leibesvisitation. Der nackte Mensch, abgetastet, befingert, gedemütigt, hat endgültig aufgehört, ein Genosse zu sein. »Wenn man sich auch noch so viele Male mit dem Gedanken vertraut gemacht hat, dass man eingesperrt wird«, schreibt Margarete Buber-Neumann, die Frau des deutschen Kommunisten Heinz Neumann, die von Stalin deportiert, dann an Hitler ausgeliefert worden war, »was es wirklich bedeutet, weiß man erst, wenn man hinter einer Tür ohne Klinke sitzt; aber was ein Häftling ist, was es heißt, über seinen Körper verfügen lassen zu müssen, das weiß man nach der ersten Körpervisitation in der Lubjanka.« Nach der Durchsuchung zieht man sich wieder an, schlüpft in Kleider, an denen alle Knöpfe abgerissen wurden. Mit beiden Händen seine

Hose festhaltend, wandert man, eine bewaffnete Wache im Rücken, durch endlose, in grellem Licht badende Flure. Fingerabdrücke, Fotos. Die anthropometrische Aufnahme von »Wangenheim Al-eï F«, von vorne und im Profil, trägt die Nummer 34776. Das Gesicht ist bleiern, der Blick ausdruckslos, oder er zeugt von dumpfer Bestürzung. Es sind nicht die Augen voll panischer Angst, die das Betrachten vieler Fotos von Verurteilten des NKWD so unerträglich machen. Er sieht aus wie auf dem Foto mit der Krawatte, nur dass er plötzlich gealtert, sein Blick erloschen ist. In einen dunklen Mantel gezwängt.

Man wandert durch endlose Flure, die nach Desinfektionsmittel riechen, man wird in eine winzige, überhitzte Zelle ohne Fenster gestoßen, die »Hundehütte« heißt, *Sobatschnik*, man ist zum Hund geworden, wartet, bis man geholt wird, steigt in einen Aufzug, wandert wieder über Flure mit roten Teppichen wie in einem Hotel, helle Kontrolllampen brennen, um anzuzeigen, dass man nicht Gefahr läuft, einem anderen Inhaftierten zu begegnen, man wird in ein Büro gestoßen, wo die Verhörspezialisten der GPU warten, Alexander Tschanin und Leonid Gazow. Sie gehören beide der Wirtschaftsabteilung an, die beauftragt ist, Verbrechen gegen die sowjetische Landwirtschaft und Industrie zu verfolgen. Der Erste wird, wie gesagt, 1937 erschossen, der Zweite stirbt fünfzig Jahre später hoch geehrt und dekoriert: Das Leben ist ungerecht. Tschanin wird sogar zweieinhalb Monate vor Wangenheim hingerichtet, was er an jenem Abend des 8. Januar bestimmt nicht ahnte, an dem er ruhig und kalt, professionell, die persönlichen Daten dieses Volksfeindes aufnimmt, der wie benommen mit beiden Händen seine Hose festhält. *It is a tale, told by an idiot* … Name, Vorname, Familienname, geboren in Krapiwno, Sozialistische Republik Ukraine, früher Aristokrat und Grundbesitzer, Offizier in der zaristischen Armee, Direktor des Hydrologischen und Meteorologischen Dienstes, Ex-Mitglied der Kommunistischen Allunions-Partei (Bolschewiki) … Alexei Feodossjewitsch ist nur noch die Beseitigung dessen, was er war, eine Leerstelle wie jene, die durch den Abriss der Kathedrale in der Stadtlandschaft entstanden ist, er wurde noch nicht über seine neue soziale Identität als Saboteur und Spion unterrichtet. Dann führt man ihn in eine Einzelzelle, in der andauernd Licht brennt und wo er in regelmäßigen Abständen durch ein Guckloch überwacht wird. Er ist im »Isolationstrakt« der OGPU.

Einige Gefangene lässt man dort wochenlang schmoren, ohne dass sie wissen, warum sie angeklagt sind; er hat Glück, wenn man das so sagen kann: Er wartet nur fünf Tage, bevor man ihn zum ersten Verhör abholt. Tschanin ist nicht mehr da, ersetzt durch Derenik Apressian, der zusammen mit Gazow ein Team bildet. Sie sind gepflegt, glatt rasiert, tragen ihre Uniform mit blauen Aufschlägen. Ich stelle mir vor, dass sie distanziert waren, ruhig, nie die Stimme erhoben haben. Sie haben alle Zeit der Welt. Sie blättern in einer Akte, die, wie Wangenheim schnell feststellt, neben den falschen Zeugenaussagen von Loris-Melikow und Kramalej eine Menge zutreffender, offenkundig belangloser Informationen über ihn enthält, die aber zusammengenommen den Eindruck erwecken, als wären die GPU-Offiziere allwissend, sodass jeder Versuch, sie hinters Licht zu führen, zwecklos ist. Sie heucheln gleichgültige Geduld, stelle ich mir vor, sie spitzen einen Bleistift, zünden eine Zigarette an, polieren sich die Fin-

gernagel, telefonieren vielleicht mit ihrer Frau oder ihrer Ge
liebten, während er verzweifelt nachdenkt, zu verstehen versucht, worauf sie hinauswollen, was er antworten muss, damit man ihm glaubt, damit er nicht in Widersprüche
verwickelt wird, damit er sich nicht im Netz ihrer hinterhälti-
gen Fragen, ihrer gelassenen Feindschaft verfängt (doch vielleicht sind sie im Gegenteil von Anfang an grob). Eingangs
bringen sie ihn aus der Fassung, indem sie ihm eine Notiz vor-
legen, die bei der Durchsuchung bei ihm gefunden wurde:
Darin berichtet ein gewisser Gudjakow von den Aussagen eines Professors der Meteorologie an der Landwirtschaftlichen
Akademie, Witkewitsch, laut derer er »ein schädliches Ele-
ment« sei, das »eines Tages Rechenschaft ablegen müsse wie
die Saboteure«. Ob er mit dieser Einschätzung einverstanden
sei? Nein, das habe man sich denken können. Warum er
dann keine Maßnahmen gegen diese Verleumdungen ergrif-
fen habe? »Aus Dummheit.« Ob er versucht habe, die Gründe für diese Anschuldigung zu erhellen? Nein, er habe sie als
Ausdruck des Grolls jenes Witkewitsch angesehen und sich
weiter nicht darum gekümmert. Wusste er, dass es von anderer Seite Verdachtsmomente gegen Witkewitsch gab? Ja,
man hatte ihn davon in Kenntnis gesetzt. Ob er diese Infor-
mation an die OGPU weitergegeben habe? Nein. Warum
nicht? Er habe geglaubt, die Person, die ihn informiert hatte,
hätte das selbst übernommen. Hatte er überprüft, ob dies geschehen war? Nein. Ob er das normal fände? Nein, erst jetzt
werde ihm klar, dass das ein Fehler war. Da er sich in dieser
Geschichte menschlich gezeigt hat, gleichgültig gegenüber
der Verleumdung und nicht bereit zur Denunziation, wird er
eingangs in die Position dessen gedrängt, der gelogen hat, indem er es unterließ, diejenigen zu informieren, denen man

alles berichten muss, da sie dazu da sind, alles zu wissen, alles zu hören.

Und er wird sich ein wenig später in eine noch schlechtere Lage bringen, indem er schriftlich auf diese ersten Erklärungen zurückkommt. In Wirklichkeit hat er den Inhalt dieser Notiz von Gudjakow beim Verhör am 13. Januar zum ersten Mal gehört, was ihn völlig überrumpelte. Er hatte keine Zeit gehabt, den Zettel zu lesen, er war zu sehr beschäftigt, als man ihn ihm überreichte, er hatte beiläufig gesehen, dass es sich um irgendwelche Dummheiten von Witkewitsch handelte, er hatte ihn in eine Schublade gesteckt und dann vergessen. Die Fliege zappelt und verfängt sich unter den Blicken der beiden Spinnen von der GPU immer weiter in ihrem Netz. Sie bearbeiten ihn anschließend im Hinblick auf seine Haltung während des Bürgerkriegs. Apressian und Gazow sind darüber erstaunt oder geben vor, darüber erstaunt zu sein, dass er in der Region von Dmitrijew geblieben war, als die Weißen die Stadt einnahmen. Warum er es dann verneint habe, als man ihn fragte, ob er bei den Weißen gewesen sei? Doch nur, weil er die Frage so verstanden habe, als würde man wissen wollen, ob er in ihren Reihen gekämpft habe. Wie er beweisen könne, dass er nicht versucht habe, die Tatsache zu verheimlichen, dass er auf dem Territorium der Weißen geblieben ist? Er hatte es doch damals, 1924, in seinem Lebenslauf, den er für die Aufnahme in die Partei ausfüllte, erwähnt … Er hatte sich in der Umgebung von Dmitrijew bei einem Bauer namens Bardin versteckt, den er seit 1910 kannte. Und wie war seine Einstellung, dieselbe wie die des Bauern? Nicht weiß, nicht rot, keine politische Richtung. Wie es dann zu erklären sei, dass er sich in Gefahr brachte, um ihn zu verstecken? Weil er ihn kannte, weil er Sympathie für ihn hegte. Es liegt auf der Hand, dass ein Begriff wie dieser, Sympathie, im Kopf dieser beiden Männer mit den blauen Schulterstücken nicht viel hervorruft. Höchstens, dass alles nach Menschewismus stinkt. Und warum er nicht versucht habe, in die Gebiete zu gelangen, die von den Roten gehalten wurden? Weil seine Frau, seine erste Frau, Julia Bolotowa, in Dmitrijew erkrankt war und er nicht wollte, dass die Frontlinie sie beide trennte. Im Ernst, aus einem so unerheblichen Grund hatte er sich nicht den Roten angeschlossen? Er findet nicht, dass die Krankheit seiner Frau ein unerheblicher Grund ist. Die beiden ziehen die Augenbrauen hoch und die Mundwinkel zu einer verächtlichen Schnute nach unten. Geben Sie zu, fragen sie ihn, um dieses Verhör am 17. Januar zu beenden, dass Ihre Antworten nicht vertrauenserweckend sind? Auf eine so formulierte Frage, gibt er zurück, weigere er sich zu antworten. Er ist noch nicht bereit, alles zu akzeptieren, ist noch nicht gebrochen.

Drei Wochen später, am 9. Februar, ist er es. Apressian und Gazow haben fleißig gearbeitet. Am 20. Januar teilen sie ihm die Anklagepunkte mit: Organisation und Steuerung der konterrevolutionären Sabotagetätigkeit im Vereinigten Hydrologischen und Meteorologischen Wetterdienst der UdSSR, bestehend aus der Erstellung wissentlich gefälschter Wetterprognosen mit dem Ziel, der sozialistischen Landwirtschaft zu schaden, sowie Desorganisation oder Zerstörung des Netzes der Wetterstationen, insbesondere jener, deren Aufgabe es ist, vor Dürreperioden zu warnen; seiner Anklageschrift haben sie geheime Dokumente angefügt, die zu Spionagezwecken gesammelt wurden. Am 20. Januar bekennt er sich nicht schuldig. Aber am 9. Februar unterzeichnet er wie so viele vor und vor allem nach ihm ein langes und schreckliches Geständnis, das mit dieser Vorrede beginnt: »In Anbetracht meiner aufrichtigen Reue und meines Bedauerns darüber, in verbrecherischer Weise gegen die Partei, die Sowjetmacht und die Arbeiterklasse gehandelt zu haben, hoffe ich für die Zukunft, sofern man mich am Leben lässt, meine Schuld durch aufrichtige und intensive Arbeit zum Wohl des sowjetischen Landes vollständig begleichen zu können, und erkläre das Folgende.« Die Weise, selbst den Tod anzuführen, der ihm droht, und so im Voraus als gerecht zu akzeptieren –, »sofern man mich am Leben lässt« –, lässt einen erstarren. Wenn man mir die Gnade erweist, mich am Leben zu lassen …

Er gibt zu, beim Hydro-Meteorologischen Dienst eine konterrevolutionäre Organisation zur Sabotage geleitet zu haben, deren Ziel es war, die Entwicklung der sowjetischen Landwirtschaft zu behindern. Er sagt, Moise Wolf habe ihn rekrutiert, was zumindest verhindert, dass ein Lebender denunziert wird, denn Wolf war schon 1933 erschossen worden. Die Ausführungen über diesen Punkt in seinem Geständnis sind interessant: »Nachdem ich begriffen hatte«, schreibt er, »dass ich, was die Landwirtschaft angeht, nicht mit der Politik der Partei einverstanden war, insbesondere nicht mit der strengen Entkulakisierung derer, die ich nicht als Kulaken betrachtete, erfuhr ich von Wolf, dass es eine konterrevolutionäre Organisation gab …« Wenn man sich vor Augen führt, dass die Hinrichtungen und Deportationen im Zuge der »Entkulakisierung« in die Millionen gingen, kann man hoffen und glauben, dass Wangenheims Geständnis in diesem Punkt aufrichtig ist. Im Weiteren gesteht er (oder vielmehr diktieren

64

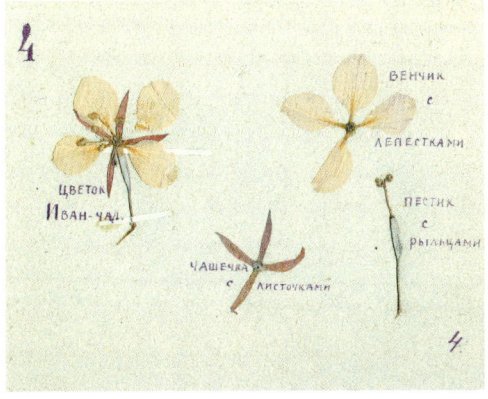

»Einer meiner Bekannten
hat hier ein Herbarium
aus Blättern angelegt, damit seine Tochter zählen
lernt, erst 1, dann 2, dann
3, dann 4 Blätter …«

(Pawel Florenski, Brief
vom 3. Juli 1935)

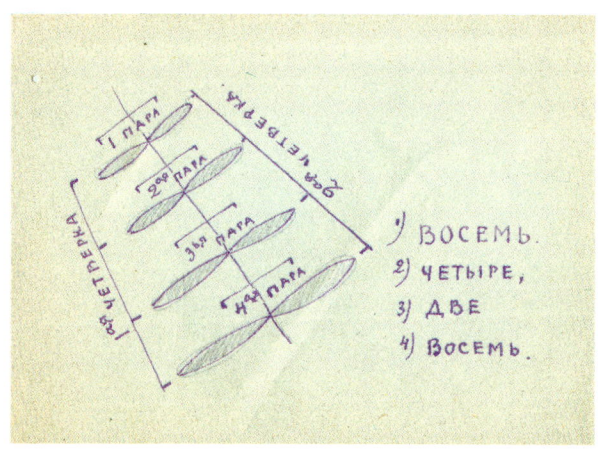

СЛОЖЕНЫЙ
ЛИСТ
„АКАЦИИ"

СЛОЖНЫЙ
ЛИСТ
„ЛЕСНОЙ
ВИКИ"

10.

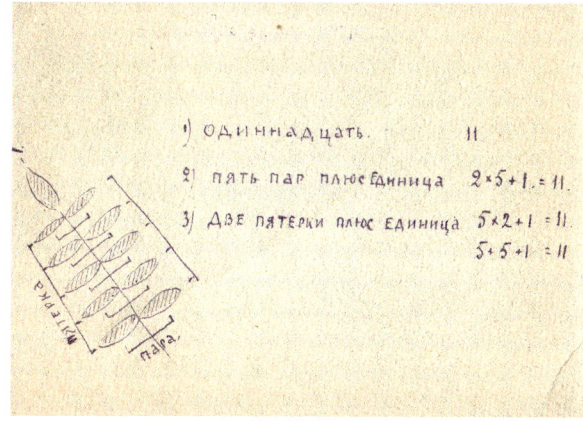

1) ОДИННАДЦАТЬ.   11

2) ПЯТЬ ПАР ПЛЮС ЕДИНИЦА $2 \times 5 + 1 = 11$.

3) ДВЕ ПЯТЕРКИ ПЛЮС ЕДИНИЦА $5 \times 2 + 1 = 11$.
                              $5 + 5 + 1 = 11$

ЧЕРЕШОК

ПАРА.

ЛИСТ
„РЯБИНЫ"

11.

СЛОЖНЫЙ
ЛИСТ
„АКАЦИИ"

12.

ЦВЕТЫ

ГРУШАНКИ

16

чаше - листики

лепестки
венчика

чашечка

венчик

Тычинки

Ты-
чинки

ЦВЕТОК
Иван-чая

16.

17

17.

20

ЧАСТИ ЦВЕТКА.

ВЕНЧИ КА
С
ЛЕПЕСТКАМИ

ПЕСТИК
С
РЫЛЬЦАМИ

ЦВЕТОК
Иван-чая.

ЧАШЕЧКА
С
ЛИСТОЧКАМИ
(ЧАШЕЛИСТИКИ)

ТЫЧИНКИ

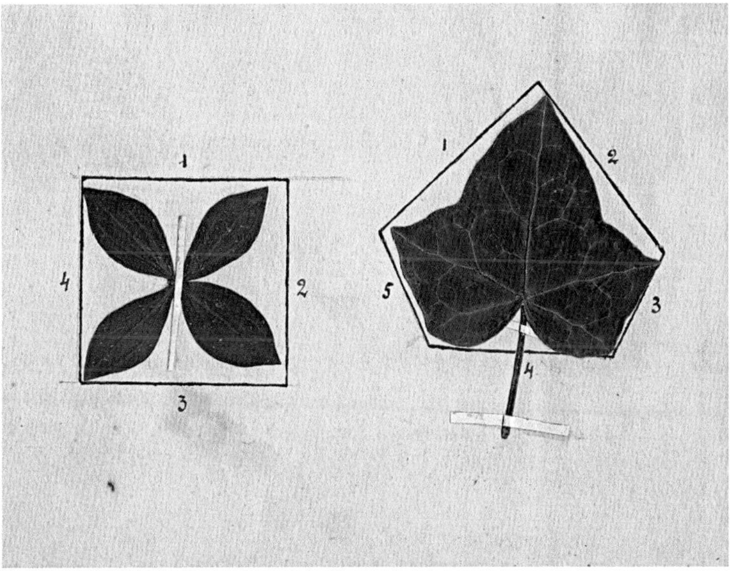

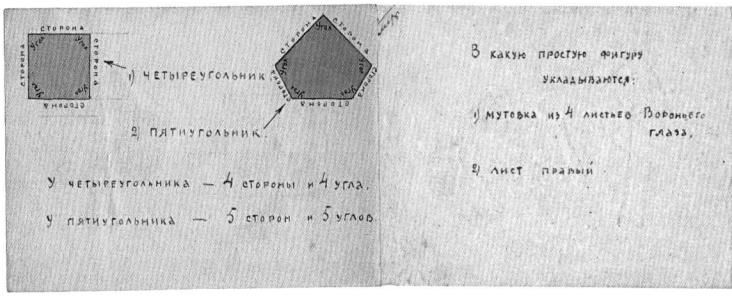

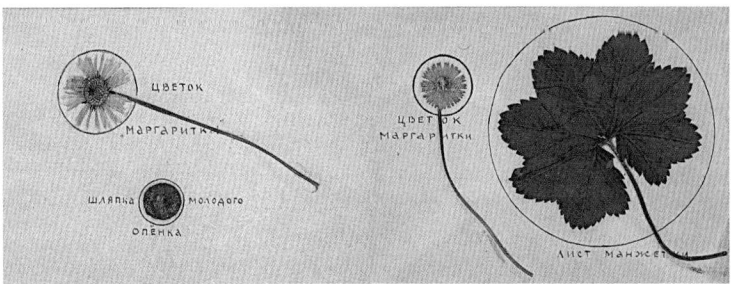

Fünfeck, Quadrat, Kreis, Ellipse, Spirale, Dreieck, Symmetrie, Asymmetrie

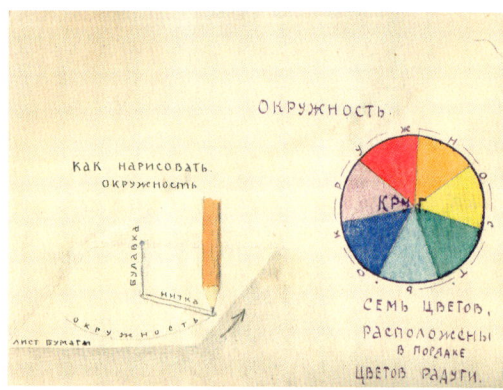

ОКРУЖНОСТЬ.

КАК НАРИСОВАТЬ
ОКРУЖНОСТЬ

БУЛАВКА

НИТКА

ОКРУЖНОСТЬ

ЛИСТ БУМАГИ

Ж   Н

К   О

КРУГ

С   Г

З   Ф

СЕМЬ ЦВЕТОВ,
РАСПОЛОЖЕНЫ
В ПОРЯДКЕ
ЦВЕТОВ РАДУГИ.

ЯЙЦО

СЕРДЦЕ
ЧЕЛОВЕКА.

1) ЯЙЦА — У ПОДОРОЖНИ-
КА ЛИСТ ЯЙЦЕВИДНЫЙ
2) СЕРДЦА — У ВЬЮНКА ЛИСТ СЕРДЦЕВИДНЫЙ

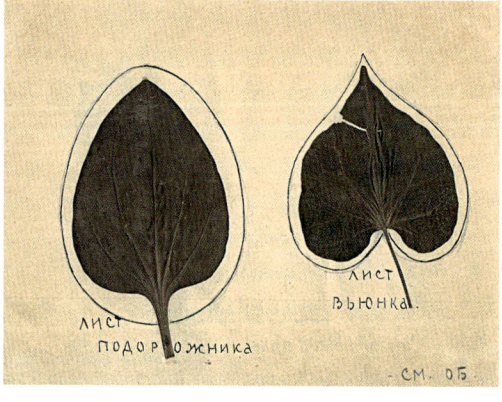

ЛИСТ
ПОДОРОЖНИКА

ЛИСТ
ВЬЮНКА.

- СМ. ОБ.

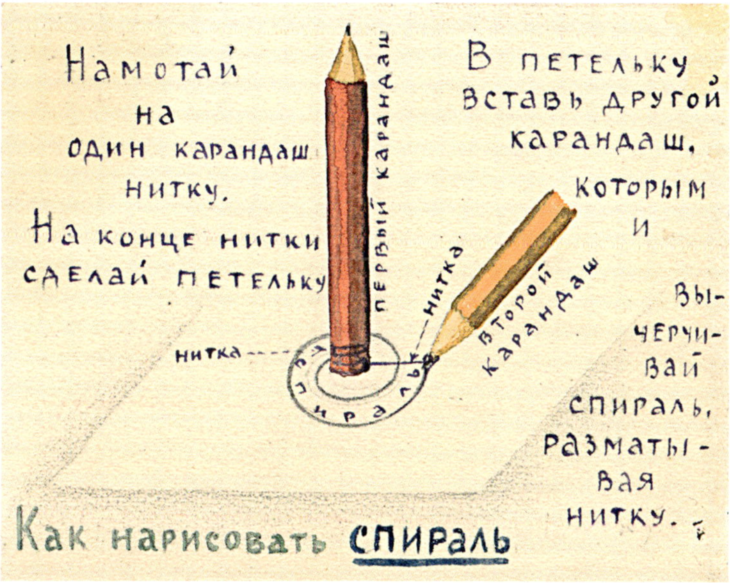

Намотай
на
один карандаш
нитку.
На конце нитки
сделай петельку

первый карандаш

нитка

нитка----

спираль

второй карандаш

В петельку,
вставь другой
карандаш.
которым
и
вы-
черчи-
вай
спираль,
разматы-
вая
нитку.

Как нарисовать СПИРАЛЬ

Обрежь катуш-
ку

Сделай дырочку
Возьми ниточку, сделай узелок
Продерни ниточку через дырочку так,
чтобы узелок был внутри. На другом
конце ниточки сделай петельку,
вставь в нее карандаш.
Оберни нитку около катуш-
ки. Дер-жи катушку
крепко.
Веди
карандаш натягивая нитку —
получишь СПИРАЛЬ

ЛИСТ НЕСИММЕТРИЧНЫЙ

Очертания правой стороны напоминают

СПИРАЛЬ

Как ее нарисовать? Смотри на обороте

ЕЛОВАЯ ШИШКА. сверху чешуйка сбоку

СПИРАЛЬ

СВЕРХУ ЧЕШУЙКИ кажутся РАСПОЛОЖЕННЫМИ по СПИРАЛИ

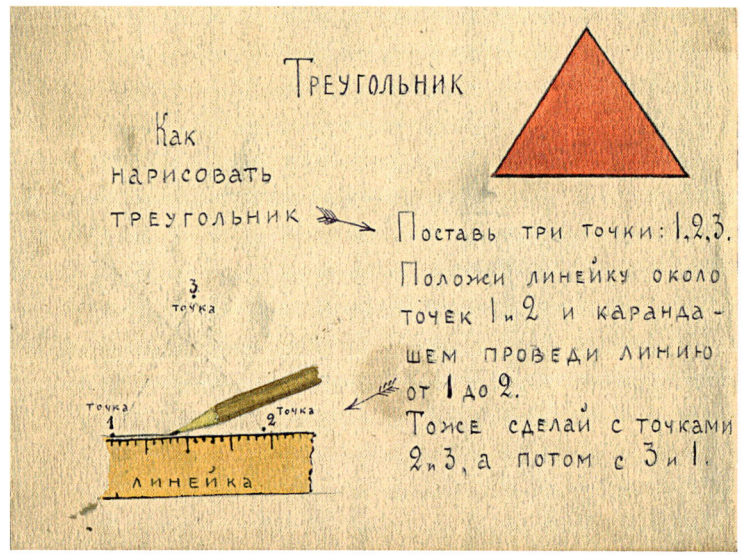

ТРЕУГОЛЬНИК

Как нарисовать ТРЕУГОЛЬНИК ➤

Поставь три точки: 1,2,3.
Положи линейку около точек 1 и 2 и карандашем проведи линию от 1 до 2.
Тоже сделай с точками 2 и 3, а потом с 3 и 1.

3 точка

точка 1   точка 2

ЛИНЕЙКА

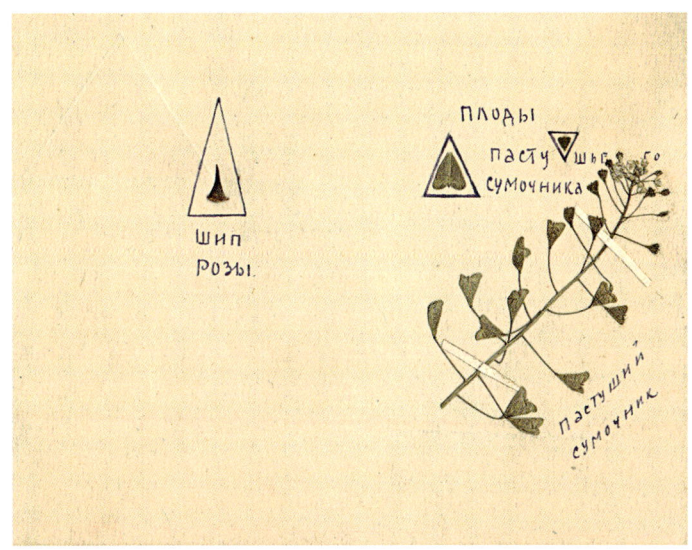

ПЛОДЫ
ПАСТУШЬЕГО
СУМОЧНИКА

ШИП
РОЗЫ.

Пастуший
сумочник

ЛЕВЫЙ – СИММЕТРИЧНЫЙ

ПРАВЫЙ – НЕСИММЕТРИЧНЫЙ

левая половина
правая половина

Какой лист
СИММЕТРИЧНЫЙ
и какой
НЕСИММЕТРИЧНЫЙ?

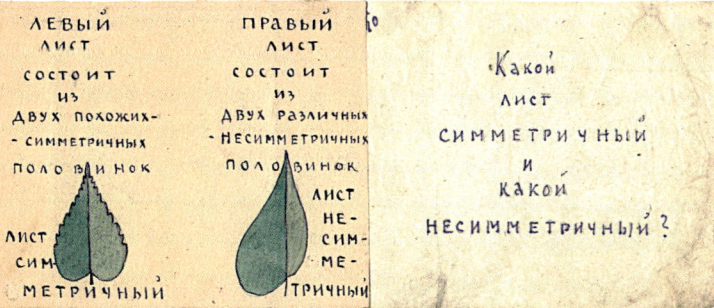

ЛЕВЫЙ
ЛИСТ
СОСТОИТ
ИЗ
ДВУХ ПОХОЖИХ –
– СИММЕТРИЧНЫХ
ПОЛОВИНОК

ПРАВЫЙ
ЛИСТ
СОСТОИТ
ИЗ
ДВУХ РАЗЛИЧНЫХ
– НЕСИММЕТРИЧНЫХ
ПОЛОВИНОК

ЛИСТ
СИМ
МЕТРИЧНЫЙ

ЛИСТ
НЕ-
СИМ-
МЕ-
ТРИЧНЫЙ

Какой
ЛИСТ
СИММЕТРИЧНЫЙ
и
какой
НЕСИММЕТРИЧНЫЙ?

»Ich schicke ihr das Bild einer Beere, die man hier findet, ich habe vor, eine Sammlung von Blumen und Früchten für sie anzulegen.« (Brief vom 20. Juli 1935)

ЗНАКОМСТВО
МОИХ ДРУЗЕЙ
ДРУГ С ДРУГОМ

»Treffen unter Freunden«

»Ich habe Zeit gefun-
den, ein Rentier für
Elia zu zeichnen.«

(Brief vom
17. Dezember 1936)

МОЙ КОТЁНОК.

1935.

»Es mag seltsam erscheinen, aber dieses kleine
graue Lebewesen lindert meine Traurigkeit …«

(Brief vom 20. September 1935)

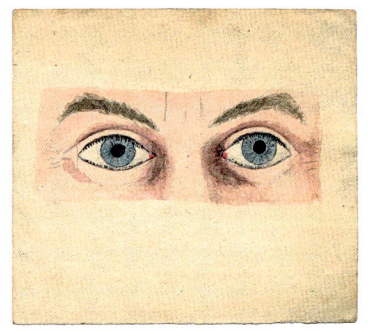 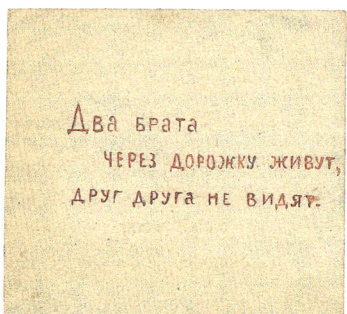

»Zwei Brüder leben jeder an einer Seite des Wegs / Aber sie sehen sich nie«

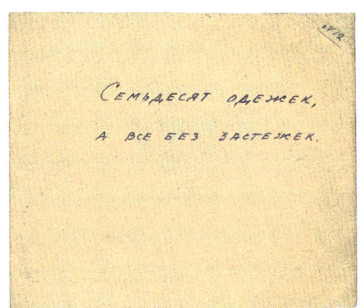 

»Siebzig Mäntel / Aber weder Knopf noch Schnalle«

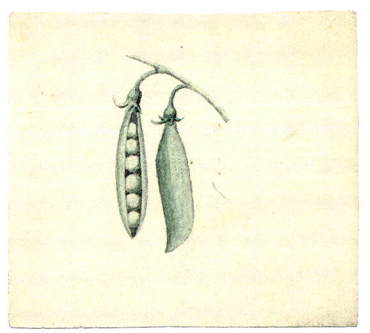 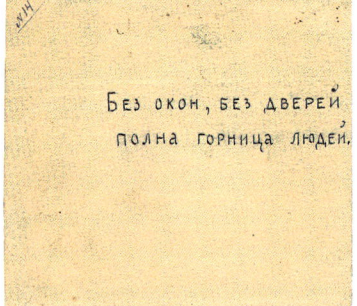

»Ein Haus voller Leute / Ohne Tür und Fenster«

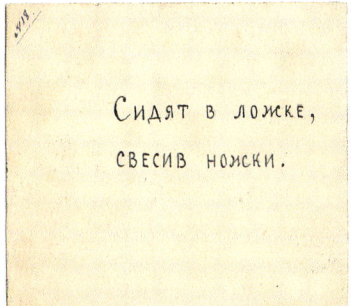 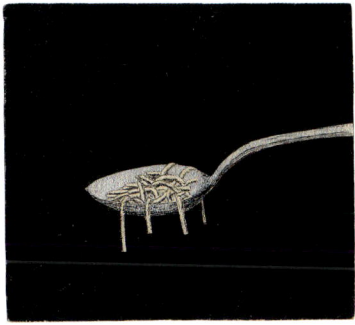

»Sie sitzen im Löffel / Beine in der Luft«

»Um ein Loch / sitzen weiße Tauben«

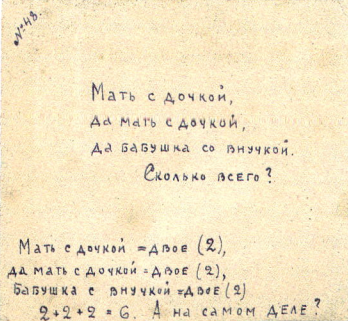 

»Mutter und Tochter / Mutter und Tochter / Großmutter und Enkelin /
Wie viele sind sie zusammen?«

»Ein Mädchen im Gefängnis / Sein Pferdeschwanz ist draußen«

 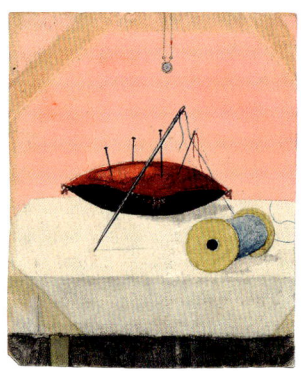

»Stählerne Nase / Schwanz aus Leinen«

 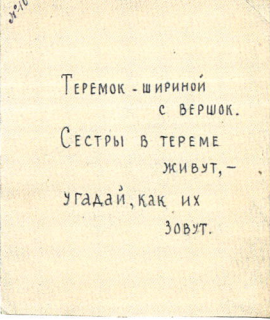

»Das Haus ist wenige Zentimeter groß / Darin wohnen Schwestern /
Rate, wie sie heißen«

ihm die »verhörenden Richter« der GPU) eine Vielzahl von Einzelheiten über die vermeintlichen Sabotageakte, die allesamt darauf abzielten, der Landwirtschaft das Mittel der Wetterprognose vorzuenthalten, insbesondere vor Dürreperioden. Man merkt, die Partei brauchte Sündenbocke für die katastrophalen Ernten und die Massengräber.

Parallel dazu leitet man eine Untersuchung wegen der Spionagevorwürfe ein. Hier ist der Ankläger ein Mitglied des Wetterdienstes von Leningrad, Pawel Wassiljew, der behauptet, man habe ihn angeworben, um Informationen zu liefern über die Flugfelder in Grenzgebieten sowie über die Festungen, die die Seewege bei Kronstadt bewachen. Dieser Wassiljew ist außerordentlich gesprächig und liefert zahlreiche Geschütze unterschiedlichen Kalibers und die Namen mutmaßlicher Informanten. Und siehe da, am 23. Februar, in einem Schreiben an die Anklagebehörde, und erneut am 17. März in einem Memorandum an das Juristische Kollegium der OGPU widerruft Wangenheim sein Geständnis. Die Zeugenaussagen von Loris-Melikow, Kramalej und Wassiljew, schreibt er, sind Falschaussagen, die eine konterrevolutionäre Organisation glaubhaft machen wollen, die in Wirklichkeit nicht existiert. Sie sind »durch die Verhörmethoden erzwungen« worden: Leider fügt er dem nichts weiter hinzu, und der Stil seines Widerrufs ist so gewunden, dass es heute schwierig ist, daraus schlau zu werden (die Leiter der OGPU verstanden diese Ausdruckweise jedoch genau, sie erkannten die rhetorischen Auswirkungen der Angst darın: Der Gefangene will gegen die Art und Weise protestieren, wie er behandelt wird, doch er wagt es nicht, dies offen zu tun, er beschuldigt halbherzig diejenigen, die ihn vernahmen, indem er die Geheimpolizei, der sie angehören, mit rituellen Elogen überhäuft; das nennt man Verrenkungen). Die Verhörmethoden »haben gewiss außerordentliche Ergebnisse geliefert, die der OGPU zum Ruhm gereichen«, sagt Wangenheim, das sollte nicht durch »eine fehlerhafte Seite« verdorben werden, im Gegenteil, die fehlerhafte Seite sollte »ersetzt werden durch eine neue ruhmreiche Seite, die die Unfehlbarkeit der OGPU beweist«. Denn »mit den aktuellen Methoden zieht jeder Tag, jede neue Konfrontation die Schlinge der Lüge ein Stück enger, entgegen der Absicht und dem Bewusstsein der Beamten, die die Untersuchung leiten«.

Um die Wahrheit zu sagen, diese schlecht formulierten, schlecht begründeten Widerrufe sind Texte, denen man die Panik anmerkt, aber nicht nur, nicht in erster Linie die gerechtfertigte Panik angesichts des Schicksals, das ihn erwartet – Tod oder Deportation –, sondern vor allem die intellektuelle Panik, hervorgerufen durch die Tatsache, dass er umso glaubhafter wirkt, je mehr er dieses Lügenspiel mitspielt, während die Wahrheit es immer weniger ist, die moralische Panik, die ihn überkommt, als er spürt, dass er bei einem Schuldbekenntnis mit einer gewissen Nachsicht rechnen kann, während er diese einbüßt, wenn er weiter seine Unschuld beteuert (dazu fällt einem ein anderes Zitat von Shakespeare ein, jenes *fair is foul and foul is fair*, das die Hexen in *Macbeth* ausstoßen). Dennoch, er behauptet erneut seine Unschuld, kommt auf seine falschen Geständnisse zurück. »Bei einem wirklich Schuldigen ließe sich diese Vorgehensweise nur mit Blödigkeit oder Wahnsinn erklären.« Ich glaube, dass er vor allem auf diese Perversion hinweist, wenn er »die Methode bei den Verhören« infrage stellt: auf die Brutalität der Logik mehr als auf die physische Misshandlung, die beängstigende Verkehrung von wahr und falsch. Das ist das Aufwühlende an seinen Texten: Man sieht darin einen Mann, der sich wehrt und dabei immer tiefer im Treibsand versinkt. Und es finden sich trotzdem, neben vielen Unklarheiten, Mäandern, tastenden Wiederholungen, Sätze, wie man sie in sowjetischen Dokumenten aus diesen Jahren nicht oft gelesen hat und die zeigen, dass er nicht willens ist, in die Rolle des Saboteurs und Spions zu schlüpfen, die man für ihn vorgesehen hat, die er in einem Augenblick von Schwäche auf sich genommen hat: »Die unschuldig Verhafteten legen in der Mehrzahl der Fälle falsche Geständnisse ab«, »es gibt unvermeidlich eine Menge von Fällen, in denen Unschuldige angeklagt wurden, während die wahren Verbrecher der Justiz entkamen«. Berührend ist auch seine Bewusstheit darüber, dass die Partie bereits jetzt verloren ist: »Es kann sein, dass meine Kräfte nicht ausreichen, um an Dingen zu rütteln, die schon seit Jahren bestehen.« Und er schließt auf Latein: »Feci quod potui, faciant meliora potentes«, »ich tat, was ich konnte, mögen die, die mehr können, mehr tun« (ein Satz, den Tschechow in den *Drei Schwestern* Maschas Ehemann Kulygin in den Mund legt). »Ich habe ein reines Gewissen.«

Er hat getan, was er konnte, doch er vermochte nichts auszurichten; wie auch immer, die Partie war verloren. In Wirklichkeit war das Spiel von vornherein verloren, der Ausgang stand von Anfang an fest. Nach Überprüfung der Akte Nr. 3039 zu den Angeklagten Wangenheim, Ex-Adeliger, angeklagt gemäß Artikel 58, Paragraf 7 (Spionage) und 6 (Wirtschaftssabotage), Kramalej, ehemaliger Aristokrat, Loris-Melikow, ehemaliger Aristokrat, und Nazarow, Sohn eines

Kulaken, angeklagt gemäß Artikel 58, Paragraf 7, ordnete das Kollegium des OGPU am 27. März für Wangenheim nach Artikel 58, Paragraf 7 zehn Jahre Arbeitslager an. Das Urteil bezüglich Artikel 58, Paragraf 6 wird auf einen späteren Zeitpunkt verschoben. Kramalej, Loris-Melikow und Nazarow erhalten jeweils fünf Jahre.

8

Jetzt, da Wangenheim Moskau für immer verlassen wird, denn alles Weitere und das Ende seiner Geschichte werden sich in einer kleinen Region im Nordwesten Russlands, östlich von Finnland abspielen, wollen wir mit einigen Worten die Landkarte skizzieren. In der äußersten östlichen Ecke des Baltikums liegt Leningrad. Etwa fünfhundert Kilometer nordöstlich davon, unterhalb der Polarkreises, das Weiße Meer, das wie eine große, fast geschlossene Bucht zur Barentssee führt. Im Osten Archangelsk, in der Mitte der Solowezki-Archipel, im Westen das Dorf Kem. Auf dem Isthmus zwischen den beiden Meeren liegen zwei große Seen, der Ladogasee und die Onegasee, die der Weißmeer-Ostsee-Kanal durchquert. Ganz im Norden, am Ufer des Onegasees, liegt die Stadt Medweschjegorsk, die »Hauptstadt« des *BelBaltLag*, einem Lagerkomplex zum Bau des Kanals; etwas weiter südlich davon Petrosawodsk, die Hauptstadt der sozialistischen Republik Karelien. Es ist ein Land voller Rinnen, abgeschliffen durch den Rückzug der Gletscher, gespickt mit Seen, bedeckt von Wäldern. Ein blutgetränktes Land, mit Toten übersät: den Toten aus den zahlreichen, hier errichteten Lagern, erschossen in den Jahren des Großen Terrors 1937 bis 1938, der in dieser Grenzregion – die ethnisch nicht russisch und also doppelt verdächtig war – besonders grausam wütete, bis hin zu den Toten aus den russisch-finnischen Kriegen zwischen 1939 und 1944 und den nachfolgenden Repressionen.

9

Am 8. Mai 1934, genau vier Monate nach seiner Verhaftung, wird der Sträfling Alexei Feodossjewitsch Wangenheim in einen Konvoi mit dem Ziel SLON, dem »Solowezki-Lager zur besonderen Verwendung«, gesteckt. Am Vorabend hat man seiner Frau erlaubt, ihn in der Lubjanka zu besuchen. Sie sieht ihn das erste Mal seit jenem verschneiten Tag, an dem sie vergeblich unter der Kolonnade des Bolschoi auf ihn gewartet hatte. Es ist auch das letzte Mal. Warwara Iwanowna hat ein Foto ihrer nach Marx' Tochter benannten Tochter Eleonora mitgebracht, die noch keine vier Jahre alt ist. »Du bist zu mir gekommen wie ein kleiner heller Stern«, schreibt er Warwara bei seiner Ankunft am 11. Mai im Transitlager Kem, »und dieser Stern steht mir immer vor Augen.« Er rechnet sich aus, dass er 1944 entlassen wird, mit zweiundsechzig Jahren …

Das Lager auf den Solowezki-Inseln gilt als das erste Lager des Gulag (so habe auch ich es auf den ersten Seiten dieses Buches vorgestellt), was nicht ganz stimmt: Lager waren in der Region Archangelsk (in Cholmorgy, Pertominsk) schon eingerichtet worden, bevor die Tscheka 1923 die Mönche aus dem Solowezki-Kloster vertrieb, dabei ein bisschen Feuer legte, um dort dann das SLON einzurichten. Wenngleich die Lager erst unter Stalin monströse Ausmaße annahmen, waren sie eine unvermeidliche und frühzeitige Konsequenz des Leninismus. Doch das Lager auf den Solowezki-Inseln hat seine Konkurrenten in den Schatten gestellt, wenn man so sagen darf, vielleicht aufgrund der starken religiösen Aufladung des Ortes – das Kloster war eine der bedeutendsten Wallfahrtsstätten Russlands gewesen –, und vor allem, weil dort die Idee geboren wurde, die Arbeitskraft der beständig anwachsenden Menge von Deportierten der gewaltigen Industrialisierung der Sowjetunion zuzuführen, und weil dort Methoden des Drills entwickelt wurden, die es ermöglichten, dieses gewaltige Arbeitsheer bis zum Tode auszubeuten. So werden in den Zwanzigerjahren Häftlinge aus ganz Russland auf den Inseln zusammengezogen; ab den frühen Dreißigerjahren kommen nicht nur ganze Züge von ihnen an, sie fahren auch von hier ab, Sklavenkontingente, die zu den Großbaustellen des Kontinents verschickt werden, in die Minen von Workuta oder Norilsk, zu den Rodungen in Karelien und allem voran zur mörderischen Aushebung des BBK, des *Belomorsko-Baltijskij-Kanals*, des Weißmeer-Ostsee-Kanals. Der gesamte Nordteil des Archipels war von den Solowkis geschaffen worden, sagt Solschenizyn: eine Koinzidenz, die aus dem (geografischen) Archipel die Matrix des (metaphorischen) Archipel Gulag macht. Die Schleuse, die diese anrollende Menschenflut passiert, ist das Transitlager von Kem auf der karelischen Seite: Hier gehen die Fähren zu den Solowezki-Inseln ab, hier wartet man darauf, dass das Meer auftaut und die Schifffahrt wieder aufgenommen wird, hier liegt der Pier, von dem aus die Seki in die anderen Arbeitslager im Norden Russlands verschickt werden.

Es dauert in der Regel drei oder vier Tage, um mit dem Zug von Moskau nach Kem zu reisen (doch es kommt vor, dass man die doppelte Zeit benötigt). Ich nehme an, Wangenheim wurde wie üblich mit einem guten Hundert anderer in einen Güterwaggon gepfercht. Einen jener Waggons, von denen Genosse Russanow laut *Prawda* am Tag seiner Verhaftung klagte, dass es nicht genügend von ihnen gebe … Doch hier, für diesen Zug, für diese Ware, für diese Männer und Frauen, dieses Menschenmaterial, hat man in der Tat die Waggons gefunden, die man benötigte. Seine gesamten Habseligkeiten passen in ein großes Taschentuch – damit verhindert er, dass gewöhnliche Kriminelle, die eingeschworenen Feinde, die Plage der politischen Häftlinge, ihn bestehlen. Von Urkas, den Ganoven, der Unterwelt ausgeraubt zu werden, ist ein nahezu unvermeidbarer Initiationsritus bei der Ankunft im Lager. Wie die anderen erhält er eine Ration Trockenfisch und Schwarzbrot. Zu trinken gibt es heißes Wasser, er besitzt keine Tasse, vielleicht hilft ihm sein Nachbar aus. Und für die Notdurft steht mitten im Waggon ein stinkender Eimer, der bei den Zwischenstopps geleert wird, wenn die Eskorte es erlaubt, ein Umstand, an den sich der ex-adelige Ex-Genosse gewöhnen muss. Aber vielleicht reist er auch wie zu Zeiten der Deportationen unter dem Ancien Régime in einem Waggon, der unterteilt ist in Zellen, *Stolypin* genannt nach dem Premierminister unter Nikolas II., nicht gerade luxuriös, das kann man nicht sagen, aber immerhin etwas weniger scheußlich als der nackte und einfache Viehwaggon. Dann konnte er, wie Jewgenia Ginsburg es in *Marschroute eines Lebens* beschrieb, durch die vergitterten Fenster in jedem kleinen Bahnhof um Moskau herum die roten Spruchbänder sehen, auf denen die »Saboteure« beschimpft wurden …

Der »Arktika«-Express von Moskau nach Murmansk benötigt heute genau vierundzwanzig Stunden, bevor er mitten in der Nacht in Kem hält. Er ist ein sehr komfortabler Zug, eher langsam, wie alle russischen Züge, doch diese Langsamkeit hat ihren Charme, sie erlaubt es, nach Lust und Laune eine Landschaft aus Wäldern und Seen zu betrachten, die der endlose Sonnenuntergang im Frühling in Gold-, Purpur- und Violetttönen schimmern lässt. Die *Prowodniza*, die Schaffnerin des Waggons, ist eine dicke, freundliche Matrone, was nicht gerade häufig vorkommt. Ungeachtet des Rumpelns stickt sie hingebungsvoll das Bild eines sehnsüchtigen Kusses in die Mitte einer Spitzendecke. Ich teile das Abteil mit einem großen, blondhaarigen Tollpatsch, der ein Kinderlächeln hat. Er ist Grenzbeamter zwischen Murmansk und Kirkenes und teilt großzügig den *Viski* in seiner Trinkflasche. Wenn man um ein Uhr früh in Kem aus dem Zug steigt, ist es ein wenig so, als würde man im Niemandsland ankommen. Bei Tagesanbruch ändert sich dieser Eindruck nicht grundlegend. Kem ist eine in die Jahre gekommene Kleinstadt an der Mündung des gleichnamigen Flusses. Es gibt eine schöne alte Holzkirche, die langsam zerfällt. Der ehemalige Sitz der OGPU beherbergt heute ein großes, ziemlich düsteres Bistro, aber das ist jedenfalls angenehmer als früher. Das Durchgangslager befand sich etwa zwanzig Kilometer außerhalb an einem Ort namens Rabotscheostrowsk, »Insel der Arbeiter«. Hier ist das Ufer der Syrten ... Am Ufer vergammeln zerfallene Isbas und Boote zwischen Hütten und verrosteten Zisternen. Offenbar hat man die Fischereirechte an Murmansk verkauft; jedenfalls ist kein einziges Schiff auf dem Wasser. Eine ziemlich ramponierte Holzkapelle am Ende einer kleinen Felszunge. Darunter ein zerfallenes Hafenwehr. In einiger Entfernung davon liegen die Reste einer plumpen Mole unter Wasser, Gabionen aus Baumstämmen, die mit Steinen gefüllt sind. Der Küstenweg folgt der Trasse der Zubringergleise, die vom Bahnhof bis zum Eingang des Lagers führten. Noch heute sieht man Bahnschwellen, eingesunken in den sandigen Boden, und zu beiden Seiten die Steine zur Befestigung. (Es ist erschütternd, wenn sich Dinge materialisieren, die aus einer doppelten Immaterialität von Vergangenheit und Lektüre stammen: Was vor sehr langer Zeit geschah, wovon ich nur durch Bücher erfuhr, ist hier und jetzt als konkrete Spur sichtbar.) Beim Aussteigen aus den Waggons wurden sie mit Fausthieben empfangen und mit Gewehrkolben geschlagen, erinnert sich der Schriftsteller Oleg Wolkow. Auf dem Gelände befanden sich Baracken, zurückgelassen von der britischen Armee, die im Bürgerkrieg zur Unterstützung der Weißen hierher geschickt worden war. Das Innenleben der Baracken war den Russen damals nicht geläufig: weder die Bettgestelle noch die Flöhe, die Wanzen, der Gestank oder die Gewalttätigkeit der Urkas. Fotogramme aus der damaligen Zeit (denn im Gegensatz zu anderen Lagern stellte die sowjetische Propaganda Bilder der Solowkis aus) zeigen die Ankunft eines Konvois, Männer und Frauen mit Koffern, Taschen und dicken Bündeln, bewacht von Soldaten mit Schirmmütze und hohen Stiefeln, das Gewehr im Anschlag.

Alexei Feodossjewitsch ist einer von ihnen gewesen, einer dieser armen Kerle, die unter dem Roten Stern durch das Portal mit der Aufschrift KEMPERPUNKT gehen, der Abkürzung für *Kemski Peresylny Punkt*, »Durchgangslager von Kem«. Er kommt am 11. Mai an. Einen Monat wird er bleiben. Er schreibt mehrere lange Briefe an seine Frau (er wird ihr in den

Jahren seiner Haft einhundertsechzig Briefe schreiben). Er sorgt sich um Eleonora, ihre Tochter. »Wenn es mir im Laufe des Jahres nicht gelingt, eine Revision meines Verfahrens zu erwirken, solltest Du der kleinen Elia Deinen Familiennamen geben. Dann hat sie es leichter, wenngleich sie für mich immer meine kleine Elitschka, mein kleiner Stern bleiben wird. Wenn nicht, bekommt sie Probleme im Kindergarten und bei der Einschulung.« Sie wird noch interessantere Zeiten als die unsrige erleben, meint er. Sorge gut für sie und für dich, fügt er noch hinzu, ihr seid mein Leben. Die Kraft der Seele wird uns helfen, den Schmerz der Trennung zu überwinden. Im Gefängnis, merkt er an, habe er sein Leben Revue passieren lassen und festgestellt, dass er nun seit fünfunddreißig Jahren freiwillig auf alle Privilegien der Klasse verzichtet hat, in die er geboren wurde. Er hatte die finanzielle Unterstützung seines Vaters abgelehnt, ihr die Armut des Studentenlebens vorgezogen. Seit fünfunddreißig Jahren ein gutes Gewissen gegenüber der Arbeiterklasse zu haben und seit sechzehn Jahren gegenüber der Sowjetführung, das gibt ihm Kraft und Mut.

Das Lager ist nicht nur Gewalt. Oder vielmehr, es ist reine Gewalt, aber es birgt Plätze, Augenblicke, in denen eine gewisse erzieherische Utopie überlebt. Das lässt sich nicht so leicht begreifen in der Geschichte des Solowezki-Lagers, dessen Vorzimmer Kem ist. Inmitten der äußersten Brutalität, die willkürlich tausende Unschuldige um ihre Freiheit bringt, gibt es wie Lichtungen in einem finsteren Wald kleine Zwischenräume, in die sich der Geist flüchten kann: Die Bibliothek, in der Wangenheim arbeiten wird, ist einer dieser Orte, desgleichen das Theater und der Vortragssaal. Das macht das Solowezki-Lager so einzigartig und erklärt auch, warum die sowjetische Propaganda der Zwanzigerjahre das Lager so groß herausstellte. 1929 hat beispielsweise Gorki einen Abstecher zu den Solowezki-Inseln gemacht (zwischen zwei Aufenthalten an der Amalfiküste!); wie Herriot in der Ukraine hat man ihm ausschließlich erbauliche Szenen vorgeführt; er reiste erfreut zurück und hat es selbstverständlich jeden wissen lassen, denn das erwartete man ja von ihm. Diese Einzigartigkeit wird mit den Jahren schwinden, aber Mitte der Dreißigerjahren gibt es sie noch. Danach ging man zu Dingen über, die ungleich ernster waren, doch dann war es nicht mehr geboten, sie zu zeigen. Wangenheim hält also Vorlesungen über »Die Eroberung der Stratosphäre« – für ihn ist das ein Lichtblick. Es tröstet ihn, wenn die Gefangenen ihn auf einer Allee des Lagers respektvoll grüßen, ihn »Professor« nennen. Was man am schwersten von allem erträgt, ist zweifelsohne der Verlust von Wertschätzung.

Eines Tages hört er im Radio ein Interview mit Schmidt, dem »Helden der Arktis«, unmittelbar nach seiner Rettung. »Du kannst Dir nicht vorstellen, in welcher Gemütslage ich mich befand«, schreibt er an Warwara Iwanowna. »Seine Expedition war nur einer von mehreren Bausteinen dieses Polarjahres, auf das ich so viel Kraft und Zeit verwendet habe, und während er mit Elogen und Orden überhäuft wird, kann ich mir nicht einmal Gehör verschaffen …« Er hat an Stalin, an Kalinin geschrieben und keine Antwort erhalten. Er kann nicht glauben, dass sein Brief unbeachtet geblieben ist. »Am 9. März habe ich Genosse Stalin geschrieben, dass ich das Vertrauen in die Partei nicht verloren habe und nie verlieren werde. Es gibt Momente, in denen ich dieses Vertrauen verliere, aber ich kämpfe dagegen an und lasse mich nicht niederschmettern.« Es gibt die bedrückenden Momente, in denen er seine aberwitzige Ohnmacht spürt und die Demütigung, nun jemand zu sein, dem man nicht mehr antwortet. Es gibt Momente, in denen er ein klares Bewusstsein über sich selbst und andere erlangt. Kann Gorki, sagt er, der den stolzen Menschen gepriesen hat, kann »unser sowjetischer Voltaire« nicht konkret zeigen, dass er imstande ist, für die Ehre eines Kommunisten zu kämpfen?

Am 10. Juni 1934 bringt ihn das Schiff *Udarnik*, »Stoßarbeiter«, zusammen mit einem Kontingent von Häftlingen auf die Solowezki-Inseln. Nach einigen Stunden auf See tauchen die weißen Kathedralen aus dem Meer auf, ragen in den Horizont wie von luftballonartigen Glockentürmen in die Höhe gezogen, spiegeln sich unter einer unbewegten Wolkenschicht im farblosen Wasser, dann zeichnen sich zwischen den klobigen Türmen mit ihren silbrigen Holzdächern die Umrisse der Festungsmauern des *Kremls* ab, ringsum eingeschlossen vom düsteren Wald. Hat er das Herz, sich diesem sehr langsamen, sehr schönen Schauspiel hinzugeben?

10

Juri Tschirkow ist fünfzehn, als man ihn auf bizarre Weise beschuldigt, er habe die Sprengung von Brücken, die Ermordung des Generalsekretärs der Kommunistischen Partei der Ukraine, Stanislaw Kossior (der seinen Lohn noch bekommt und 1939 hingerichtet wird), und sogar von Stalin selbst geplant. Wir befinden uns mitten im Strudel des Irrsinns nach der tatsächlichen Ermordung von Sergei Kirow, dem Ersten Sekretär der Partei in Leningrad und möglichen Rivalen Stalins. Am 1. September 1935 kommt der Gymnasiast Tschirkow, der wegen Terrorismus verurteilt ist, auf den Solowezki-Inseln an. Er ist ein eher kränklicher Junge, der jedoch eine außerordentliche Intelligenz, Neugier und Willenskraft und darüber hinaus, ungeachtet aller Umstände, eine außerordentliche Begabung zum Glücklichsein besitzt (zu jenem Glücklichsein, in dem Isaak Babel »einen charakteristischen Zug« der Bolschewiken sah ...). Die Umstände, in die er gerät, sind nicht besonders erfreulich, doch das ist ihm gleich, er beschließt, keine Gelegenheit auszulassen, um zu staunen und zu lernen. Als die *Udarnik* am frühen Morgen des 1. September in die Glückwunschbucht einfährt und das Kloster auf einem Dunstschleier schwimmend und in der aufgehenden Sonne funkelnd in Sicht kommt, vergisst er einen Augenblick die entsetzliche Lage, in der er sich befindet: Er ist fast noch ein Kind und allein, getrennt von den Seinen, für lange

Jahre in die Welt der Lager verbannt (aus denen er erst zwanzig Jahre später, nach dem Tod desjenigen, den er angeblich ermorden wollte, endgültig zurückkehren wird). Man würde für weniger ins Wasser gehen.

Er nicht. Seine Jugend, seine körperliche Schwäche ersparen ihm die harten Arbeiten, das Fällen und Zersägen der Bäume. Er wird bald Bibliotheksgehilfe. Denn es gibt eine Bibliothek im Lager, und sogar eine große Bibliothek – dreißigtausend Bände, darunter mehrere Tausend in Fremdsprachen, Französisch, Deutsch und Englisch vor allem. Ein Teil dieser Bücher stammt von den Häftlingen selbst, sei es, dass sie sie mitgebracht, sei es, dass ihre Familien sie ihnen geschickt haben. Die Solowezki-Inseln waren in den Zwanzigerjahren die Hauptstadt des alten Russlands, der *Bywtschi*, der Altvorderen. Angeblich (und tatsächlich) haben sich dort alle Figuren aus Tschechows Erzählungen versammelt. Hier saßen Menschen ein, die lasen, die Bücher besaßen. In den Dreißigerjahren ist die Anzahl der Leser oder Intellektuellen geschrumpft, denn nun gibt es eine stattliche Anzahl sozialistischer Unterkünfte, die sie aufnehmen, viele andere Einrichtungen sind inzwischen eröffnet worden, und vor allem hat man damit begonnen, massenhaft Bauern zu deportieren, was eine wahre Flut in die Lager spült. Doch es gibt immer noch viele *Bywtschi*, und die Bücher der Vorgänger sind geblieben. Zudem hat die Lagerverwaltung anfangs, zu einer Zeit, als man noch im Zeichen eines Idealismus und nicht der reinen Polizeigewalt handelte, selbst Bücher kommen lassen. Letztendlich stammten sie aus denselben Pfründen, den Bibliotheken der Volksfeinde, die mit ihrem gesamten Besitz beschlagnahmt wurden, und es ist vorgekommen, dass ein Häftling sein Exlibris in einem Band wiederfand, den er im Lager ausgeliehen hat. Kurzum, es gibt eine große Bibliothek auf den Solowezki-Inseln, untergebracht unter den Dächern des *Kreml*, der Klosterfestung, und Juri Tschirkow wird dort arbeiten und zwei Jahre mit dem Mann verbringen, den er respektvoll »Professor Wangenheim« nennt und der dort die Abteilung für fremdsprachige Bücher betreut.

Kaum angekommen bemerkt Juri, dass ihn gelehrte Menschen umgeben, und er beschließt, dass diese Jahre keine verlorenen Jahre für ihn sein sollen, dass das Lager seine Universität sein soll, und er stellt ein Bildungsprogramm für sich selbst auf, das der Qualifikation zum Studium an einer Hochschule würdig ist: Mathematik, Physik, Deutsch (er möchte Goethe und Schiller lesen), alte Geschichte mit Mommsen, die Geschichte Russlands, physikalische und ökonomische Geografie ... all das soll den Anfang machen (später werden Französisch, Wirtschaftskunde, das Studium der »Verfassungen der bürgerlichen Länder« hinzukommen). »Professor Wangenheim« wird ihn Mathematik und Physik lehren. In seinen fesselnden Memoiren, die er über sein Leben im Lager hinterlassen hat, entwirft Juri Tschirkow mit wenigen Strichen ein Porträt des »Professors«: ernst, ein wenig steif, im Gegensatz zu dem, woran sich seine Tochter zu erinnern glaubt, nicht zu Scherzen aufgelegt. Er ähnelte, sagte er, Alexander Herzen auf dem Porträt von Nikolai Ge – der mit seiner hohen Stirn, seinem Bart und dem grauen Haar etwas von Victor Hugo hat. Juri hegt Bewunderung für ihn, doch es scheint, als habe es niemals einen vertraulichen Umgang zwischen ihnen gegeben. Sein Gedächtnis täuscht Tschirkow etwas, wenn er als einen der Gründe für die Verhaftung seines Mathematiklehrers den Misserfolg des Stratosphärenballons *Ossoawiachim* anführt, der abstürzte, als dieser bereits seit drei Wochen in der Lubjanka einsaß. Er nennt noch einen anderen Grund, der letztlich sehr plausibel ist in der unheilvoll verrückten Welt des Stalinismus: Auf einem internationalen Wissenschaftskongress, dem Wangenheim vorsaß, soll er, entgegen der Anweisungen von oben, die Eröffnungsrede auf Französisch und nicht auf Russisch gehalten haben. Auf alle Fälle »sprach er tadellos Französisch und Deutsch, denn er war sehr gebildet«. Er hatte, berichtet Tschirkow, einen schwierigen Charakter und stimmte anfangs nur ungern zu, einen Jungen, von dem er annahm, er sei unordentlich und laut, in den geordneten, leisen Mikrokosmos der Bibliothek aufzunehmen. Nicht immer machte er den Eindruck, besonders großzügig zu sein (er teilte die Lebensmittel, die ihm seine Frau schickte, nicht mit anderen), doch er brachte es fertig, »sich auf die Hinterbeine zu stellen« und der Lagerverwaltung seine Meinung zu geigen, als diese sich anschickte, Juri daran zu hindern, den einzigen »Besuchstermin« mit seiner Mutter wahrzunehmen, den er je haben sollte (sie starb bald darauf, ebenso wie sein Vater). Offenbar hatte er trotz allem seinen Glauben an den Kommunismus nicht verloren: Eines Tages regte er sich bei einer Diskussion auf, weil er nicht hinnehmen wollte, dass die Dienstgrade, die man nach der Revolution abgeschafft hatte, in der Roten Armee wieder eingeführt werden könnten.

Ein anderer Lehrer von Juri ist Piotr Iwanowitsch Weigel, der ihn in Deutsch unterrichtet. Er ist ein in Saratow geborener, von Wolgadeutschen abstammender katholischer Priester, der zuerst in Göttingen und anschließend an der päpstlichen

Universität Gregoriana in Rom studiert hat, bevor er Missionar in Paraguay und in Oberamazonien, an der Grenze zwischen Brasilien und Peru, wurde: ein hoher Würdenträger, der Schlangen gegessen und mit vergifteten Pfeilen Erfahrung gemacht hat. Vom Vatikan in die UdSSR gesandt, um sich über die Lage der Katholiken zu informieren, wurde er verhaftet und für eine Vielzahl schwerwiegender Verbrechen verurteilt, darunter Spionage, Sabotage, konterrevolutionäre Propaganda und sogar bewaffneter Aufstand … Neben Russisch und Deutsch spricht er Italienisch, Spanisch und Englisch, er liest Latein, Griechisch und Hebräisch. In der Bibliothek begegnet sich eine Vielzahl bemerkenswerter Persönlichkeiten. Zertrümmerte Lebenswege, Schicksale, die sich niemals hätten kreuzen sollen, die die eiserne Faust der Willkür auf einer Insel am Polarkreis zusammenführt. Einige werden überleben, wie Tschirkow, und bezeugen können, was geschah, andere, die meisten, werden sterben. Piotr Iwanowitsch Weigel ist nicht der einzige Priester, auch der georgische Bischof Schio Batmanischwili, der Dante in seine Muttersprache übersetzt hat, ist ein Solowki, ebenso Pawel Florenski, ein Priester und enzyklopädischer Geist zugleich, zwei Eigenschaften, die nicht immer gut harmonieren. Als Philosoph, Mathematiker, Physiker, Chemiker, der mit Andrei Bely befreundet war, wechselte er mühelos zwischen Theologie und Relativitätstheorie hin und her … Er arbeitete zusammen mit den Bolschewisten in wissenschaftlichen Einrichtungen oder Industriebetrieben, doch das verhinderte nicht, dass er aufgrund von Artikel 58, Paragraf 10 (antisowjetische und konterrevolutionäre Propaganda) verhaftet wurde. Im Solowezki-Lager kümmert er sich mit einer kleinen Anlage, die er entwickelt hat, um die Extraktion von Jod aus Seetang.

Es gibt Glaubensmänner, es gibt Musiker: Leonid Priwalow, einer der besten russischen Baritone, Sänger am Kirow-Theater (das heutige Mariinski-Theater) in Petersburg und am Opernhaus von Baku, der Pianist Nikolai Wygotski, ehemals Professor am Moskauer Konservatorium, Schtscherbowitsch, erster Geiger im Orchester des Bolschoi-Theaters, es gibt ein Zigeunerorchester, das vom König der Zigeuner persönlich geleitet wird, von Gogo Stanescu, auch Trifolo der Mardulako genannt, der ebenfalls aufgrund eines ganzen »Straußes« von Verstößen gegen die Paragrafen des Artikel 58 (Spionage für Rumänien, Terrorismus, antisowjetische Propaganda usw.) verurteilt wurde. Unter den Inhaftierten befindet sich Les Kurbas, ein berühmter ukrainischer Theaterregisseur, der 1933 unter dem Vorwurf des Avantgardismus – angeblich hat er den Kontakt zu den Massen verloren – aus dem »Berezil«-Theater (»Frühlingstheater«) entfernt worden war, das er in Kiew gegründet hatte. Es gibt Ingenieure und Philosophen, Pawel Iwensen, der später freikommt und Entwickler der »Proton«-Rakete wird, und einen Tierfreund, Michael Burkow, der eine mit Kutteln gefüllte Pastete auf den großen schwarzen Wagen eines hohen Tiers bei der Partei schleuderte, nachdem dieser einen kleinen Hund überfahren hatte, und der das Lager nicht mehr verlassen sollte. Es gibt Ärzte, Professor Ochman aus Baku, der aus Versehen eine Stalin-Büste zerschmettert hat, einen Philologen, Grigori Kotliarewski, der zum Politkommissar der Schwarzmeerflotte aufgestiegen war und der nun bis zur »Übernahme« im Januar 1937, als er zur selben Zeit wie Wangenheim gefeuert wird, leutselig die Bibliothek leitet, es gibt »ukrainische Latinisten, die Vergil zitieren«, einen japanischen »Spion«, der als Lagerfriseur dient, einen ehemaligen österreichischen Offizier und verdienstvollen Reiter, der mehrere Ganoven, die sich auf ihn stürzten, mit der Axt erschlagen hat, einen deutschen Kommunisten, Hermann Kupferstein, der in die Ermordung von Horst Wessel, dem jungen »Märtyrer« der Nazis, verwickelt war, einen alten ungarischen Sekretär des Exekutivkomitees der Komintern, der das Amt des Leuchtturmwärters von Solowezki versieht. Es gibt den letzten Fürst Jagiellon, Abkömmling der Großherzöge von Litauen und der Könige von Polen und Ungarn, ein kahlköpfiger Greis mit rotem Gesicht, schmutzig, gefräßig, höflich, der eines Abends, nachdem er drei Portionen Brot ergattert hat, auf seiner Pritsche an einer Magenverstimmung stirbt.

Es ist eine kleine, bunt gemischte, gebildete, kosmopolitische Gesellschaft, die um die Bibliotheksräume kreist. Am Rand des Lagers, aber keineswegs heimlich, sondern von der Verwaltung geduldet, ja lange Zeit sogar ermutigt. Neben der Plackerei, den miserablen Brot- und Suppenrationen, den eisigen Zellen und den Exekutionen gibt es auch dieses Leben, den Überrest einer überwundenen Zeit. Das ist das Paradox des SLON, des »Solowezki-Lagers zur besonderen Verwendung«. Es ist eine Geschichte, die schwer zu begreifen ist – ich behaupte nicht, dass ich sie vollständig und richtig verstanden habe. In keinem der zahllosen Lager des Gulag wird man diese Besonderheiten des Solowezki-Lagers wiederfinden. Hier verkehrt ein gelehrter katholischer Bischof mit dem ehemaligen Leiter der Sturmabteilung der Kommunistischen Partei Deutschlands, ein strenger Meteorologe trifft auf einen Zigeunerkönig. Eine extreme politische Gewalt hat sie hierher, auf diese Insel verschlagen, die sechs Monate im Jahr von Eis eingeschlossen ist, über die sich die lange Polarnacht mit

84

ihren Polarlichtern legt, vollkommen entrechtet sind sie aus
ihren Familien, ihrem Beruf, ihrem Heim gerissen worden,
fern von all den kleinen und großen Dingen, aus denen man
ein Leben macht und an denen sich die Erinnerung fest-
klammert; doch diese Gewalt, die Entrechtung, lässt zumindest für eine Weile die Möglichkeit einer menschlichen Existenz bestehen. Es gibt das Theater, in dem Les Kurbas neben
Lehrstücken auch Ostrowski oder Labiche inszeniert, es gibt
Konzerte – man spielt Brahms und das zweite Konzert von
Rachmaninow, den man, um die Tatsache zu verheimlichen,
dass man es wagt, die Musik eines Emigrierten zu spielen, als
Tschaikowski ankündigt –, eine Zeit lang gibt es eine »Gesellschaft für regionale Studien«, die sich für die Tierwelt oder
die Archäologie der Inseln interessiert. Und es gibt natürlich
die Bücher, die aus alten Bibliotheken aus Petersburg, Kiew
oder Moskau stammen, die mit ihren Lesern deportiert wurden und sich als treuere Freunde erweisen als manch andere.
Die russischen Klassiker natürlich, aber auch fremdsprachige,
besonders französische – Französisch ist noch immer eine
wichtige Sprache in Russland – wie Stendhal, Balzac, Hugo …
In einer Dorfbibliothek fünfhundert Kilometer südlich der
Solowezki-Inseln, in Ierstewo, habe ich Stendhals *Erinnerungen*
eines Egotisten und *Das Leben des Henri Brulard* gefunden, in einer Ausgabe mit demselben Porträt im Profil, das die erste
Gesamtausgabe von 1913 bei Édouard und Honoré Cham-
pion zierte, und sie waren mit einem dreieckigen violetten
Stempel »Bibliothek SLON OGPU« versehen. Tschirkow erinnert sich, dass er eine Ausgabe der *Elenden* in den Händen
hatte, die Notizen von Turgenjew auf Russisch und auf Französisch enthielt, sowie eine Originalausgabe von Voltaires *Die*
Jungfrau von Orleans … Während seines Aufenthalts auf den

Solowezki-Inseln liest er ebenso *La Nouvelle Geographie univer-selle* von Élisée Reclus wie *Die Kartause von Parma* oder Fieldings *Tom Jones*. Und im Juli 1937 sogar die beiden ersten Bände von *Auf der Suche nach der verlorenen Zeit*, »das damals sehr in Mode war«, wie er sagt … Es konnte also vorkommen, dass relativ neue Bücher – *Im Schatten junger Mädchenblüte* war 1919 erschienen – ins Solowezki-Lager gelangten. Ein junger Mann, der die Herzenssprünge von Marcel, Albertine und Andrée in einem sowjetischen Lager entdeckt! Der sich mitten im Weißen Meer an den Strand von Balbec, in das Restaurant in Rivebelle träumt: So unvorstellbar es scheint, dieses Zusammentreffen hat tatsächlich stattgefunden …

II

Mein Vertrauen in die Sowjetmacht ist in keiner Weise erschüttert, schreibt Alexei Feodossjewitsch in einem Brief vom 18. Juni 1934, als er gerade im Solowezki-Lager angekommen ist. Es ist dennoch seltsam, dass es seit fünf Monaten keinerlei Reaktion auf meine Gesuche gibt. Er hat mehrmals an Kalinin und an Stalin geschrieben. Kalinin ist ein Ölgötze, einverstanden, ein alter, treu ergebener Bolschewik – so ergeben, dass er seine Frau 1938 ohne jeden Protest in den Gulag schicken lässt –, aber er ist immerhin Vorsitzender des Präsidiums des Obersten Sowjet, er könnte etwas tun. Ich bin zur Gartenarbeit in den Gewächshäusern eingeteilt worden, schreibt er weiter. Der Arbeitstag beginnt um sechs Uhr früh und endet um vier Uhr nachmittags, das sind zehn Stunden ohne Unterbrechung oder Pause. Die Arbeit ist nicht besonders schwer, seine Situation ist trotz allem sehr »privilegiert« im Verhältnis zur großen Masse der Häftlinge, die zum Holzfällen und Flößen der Baumstämme eingesetzt werden, denn man hat ihn als nervenkrank eingestuft, wenn er sich allein in einem Zimmer befindet oder wenn er an einem unverbauten Platz den Himmel betrachtet, befallen ihn Panikattacken, für einen Meteorologen könnte es nicht schlimmer kommen. Ich habe einen Vortrag über die Eroberung der Arktis gehalten, schreibt er noch. Die Natur ist schön, aber die Sonne wärmt kaum. Ob Genosse Stalin meinen Brief erhalten hat?

Mein Vertrauen in die Sowjetmacht ist nicht erschüttert. Er schreibt mit kleiner, gedrungener Schrift, kaum lesbar, auf die Seiten eines Schulhefts, das ihm seine Frau Warwara geschickt hat. Der untere Bereich der Seiten drei und vier ist Zeichnungen oder Pflanzenbildern vorbehalten, die für seine Tochter bestimmt sind, sodass Warwara die Seiten falten und auseinanderschneiden kann, um die Bilder Eleonora zu geben. Sie lässt das Mädchen glauben, sein Vater sei auf einer langen Expeditionsreise im hohen Norden. Ich wohne in einer Zelle mit fünf anderen Personen, schreibt er Warwara, wir verstehen uns gut. Man hat mich in die dritte Gesundheitskategorie eingestuft (es gibt vier, ohne die Invaliden), meine Arbeit ist nicht schwierig, wenn ich freihabe, lege ich Mosaiken aus Steinsplittern. Schnell entwickelt er außerordentliches Geschick in dieser Technik und nutzt sie zu einem überraschenden Vorhaben: Er fertigt Porträts von Stalin an. Tut er dies aus Überzeugung oder um die Lagerverwaltung auf sich aufmerksam zu machen, damit Warwara eine Besuchserlaubnis erhält? Damit Genosse Stalin davon erfährt und auf seine Briefe antwortet, ihm endlich Gerechtigkeit widerfahren lässt? Ob Verblendung oder hilfloser Trick, es liegt auf alle Fälle etwas Düsteres darin, dass dieser Mann, dieser Gelehrte, ohne dass man ihn dazu zwingt, das Porträt des Mannes anfertigt, in dessen Namen er gekreuzigt wird. Ich habe die Erlaubnis erhalten, Elia etwas zu schicken, das ich für sie angefertigt habe, schreibt er, ein kleines Kästchen, verziert mit Steinen von der Insel Popow, zerstoßenem Ziegel und Steinkohle. Ich lese wenig, aber ich werde mir bald einen Ruck geben.

Akulow, der Oberstaatsanwalt der UdSSR, besucht das Lager und bekommt den Verurteilten zu sehen, der die Stirn besitzt, mit seiner Verurteilung unzufrieden zu sein und die Führungsspitzen bis hinauf zum obersten Genossen mit seinen Unschuldsbeteuerungen zu bombardieren. (Dazu ist Akulow schließlich Oberstaatsanwalt der UdSSR, doch er weiß noch nicht, beide wissen noch nicht, dass man ihn drei Tage vor dem armen Kerl erschießen wird, den er, eingezwängt in seinen Ledermantel, gütigerweise besucht, um seine unglücklich formulierten, von Gefühlen erstickten Klagen anzuhören.) Ich bin unzufrieden mit mir, schreibt Alexei Feodossjewitsch seiner Frau, ich hatte Angst, einen hysterischen Anfall zu bekommen, und deshalb Baldriantropfen genommen. Wichtige Dinge vergaß ich zu erwähnen, bei der kleinsten Frage verlor ich den Faden. Akulow kam mit einer Gruppe von Funktionären unangekündigt in meine Zelle, ich hatte gerade ein Stalin-Porträt aus verschiedenfarbigen Steinen fertiggestellt, es lag auf dem Tisch, man hätte glauben können, ich hätte es extra dorthin gelegt, es war mir sehr unangenehm. Aber ich hoffe, er hat meine grauenhafte Situation verstanden. (Unweigerlich denkt man, um nicht in solche Situationen zu geraten, wäre es am besten, kein Porträt von dem Mann zu machen, dessen Finger Mandelstam zur selben Zeit mit Würmern und dessen Schnauzbart er mit den Fühlern von Schaben vergleicht.)

Wir sind zu fünft in der Zelle, schreibt er, es sind Arbeiter, ein junger Mann ist dabei, dem ich gerne helfen würde, sich zu bilden. Es ist etwas eng, doch zu fünft ist es leichter, die Zelle zu bewachen, es ist immer jemand zu Hause. Ich habe noch immer keine Antwort, weder von Kalinin noch von Stalin noch von der Kontrollkommission des Zentralkomitees. Ich weiß nicht, was ich davon halten soll. Ich kann nicht glauben, dass es niemanden gibt, den die Wahrheit interessiert. Meine Achtung vor der Partei und der Macht der Sowjets ist groß genug, um die Hoffnung zu hegen, dass früher oder später die Wahrheit triumphieren wird, dieser Glaube gibt mir Kraft. Er kann nicht glauben, er bemüht sich, nicht glauben zu können, er spürt wahrscheinlich, dass er zu zweifeln beginnt, sechs Monate sind seit seiner Verhaftung schon vergangen, wir sind im Juli 1934, doch er weiß, wenn er auch nur den geringsten Zweifel zulässt, gibt es nichts mehr, was ihn aufrechterhält.

Es ist jetzt Juli und sehr heiß, schreibt er, eine fast südländische Hitze. Vor der alten Festung funkelt das Meer, lässt einen von der Freiheit träumen. Von acht Uhr morgens bis zehn, elf Uhr nachts, manchmal bis Mitternacht, pflanze ich rund um den Kreml Bäume, aber es strengt mich nicht besonders an und bringt mich auf andere Gedanken. Nichts Neues bezüglich meiner Appelle an Stalin und Kalinin. Ich kann es mir nicht erklären. Im tiefsten Inneren befürchte ich, dass sich keiner für die Wahrheit interessiert. Ich kämpfe dagegen an, aber schreckliche Zweifel überkommen mich, für den Augenblick halte ich sie mir vom Leib, aber es fällt mir schwer. Ich arbeite viel, der Intellekt ruht, aber mit der Zeit will ich ernsthaft etwas tun ... Mit der Zeit ... Er beginnt zu begreifen, dass er vermutlich lange Zeit dort bleiben wird. Ich lebe mit Leuten zusammen, die ganz anders sind als ich, schreibt er. Kürzlich überkam mich beim Heben eines Bretts ein Schwindel und der Ukrainer (der Vorarbeiter) hat mich freigestellt. Bist du bei Gorki gewesen? Hier spricht man schlecht von ihm, man erinnert sich an seine Reise. Die Reise, die Alexei Feodossjewitsch erwähnt, war jene Stippvisite im Juni 1929, als Gorki samt Familie, mit seinem Sohn und seiner Schwiegertochter, ganz in schwarzes Leder gekleidet, das Lager besichtigte und sehr zufrieden von diesem Ausflug zurückkehrte. Einige Monate später gab es im Solowezki-Lager Massenerschießungen. Verständlich, dass der »sowjetische Voltaire« keine guten Erinnerungen bei den Deportierten weckt. Seitdem hat er einiges für den Gulag-Tourismus getan: Im Sommer 1933, kurz nachdem der Durchbruch geschafft war, lud er hundertzwanzig Schriftsteller zu einer Kreuzfahrt auf dem Weißmeer-Ostsee-Kanal ein: Sein Bau hat mehrere Zehntausend Seki das Leben gekostet, die Mehrzahl kam von den Solowezki-Inseln. Hundertzwanzig Herren in weißen Anzügen befragen die Sklaven an den Schleusen: Zufrieden, mein Guter? War die Umerziehung durch Arbeit erfolgreich? Daraus wird ein Buch, das 1934 erscheint: *Belomorsko-Baltijskij-Kanal imeni Stalina* (»Stalins Weißmeer-Ostsee-Kanal«). In Frankreich war Aragon begeistert »von dieser außerordentlichen Erfahrung« der Rehabilitation durch Arbeit. Aber Gorki ...? Wie Schmidt hat er Wichtigeres zu tun.

In meinem tiefsten Inneren glaube ich, dass sich niemand für die Wahrheit interessiert. Ich bepflanze die Beete im Kreml, schreibt Alexei Feodossjewitsch am 20. Juli – an dieser Stelle schämt man sich wirklich ein wenig für ihn. Man wünscht sich, er wäre hellsichtiger, aufmüpfiger, aber nein, er ist weiterhin ein guter Kämpfer für den Kommunismus, ein braver, mit Ideologie vollgestopfter Sowjet, das Schicksal, das ihm beschieden ist und das er ja keineswegs allein erleidet, scheint seine Überzeugungen nicht zu erschüttern. Jedes Beet erzählt dem Betrachter etwas Erbauliches, schreibt er. Indem er Steine mit Blumen kombiniert, schafft er ein Beet mit einem roten Stern, ein anderes mit der Parole »Arbeit ist Ehrensache«, die an eine andere Parole über der Toreinfahrt eines Lagers der Nazis erinnert. Er arbeitet am Porträt von Lenin und an einem von Dserschinski … Ja, sogar von Dserschinski, dem Gründer der Tscheka! Es gab Widerstand, zum Beispiel den einer außergewöhnlichen Frau, Ewgenia Jaroslawskaja-Markon, die ungeachtet ihrer Körperbehinderung, die sie bei einem Unfall davongetragen hatte, alles versuchte, um ihrem Mann zur Flucht zu verhelfen, die scheiterte, die dann selbst auf die Solowezki-Inseln deportiert wurde, wo sie den Gehorsam verweigerte, sich eines Tages ein Schild um den Hals hängte, auf das sie »Tod den Tschekisten!« geschrieben hatte, und die 1931 schließlich erschossen wurde, nicht ohne zuvor dem Lagerkommandanten ins Gesicht gespuckt zu haben. Aber er, Alexei Feodossjewitsch, ist keiner, der sich empört. Das erlauben weder sein Temperament noch seine Bildung. Wolken, die Sturm bringen, schätzt er nicht besonders. Er legt lieber ein Porträt des Gründers der Tscheka … Ich, der achtzig Jahre später seine Geschichte erzählt, zögere, von diesem erbärmlichen Charakterzug zu berichten, doch warum? Ich hätte ihn lieber unerbittlich wie Ewgenia, ich würde ihn gerne bewundern, doch er ist nicht bewundernswert, und vielleicht ist es gerade das, was mich an ihm interessiert, dass er ein durchschnittlicher Typ ist, ein Kommunist, der keine Fragen stellt oder der jetzt vielmehr gezwungen ist, sich langsam welche zu stellen, musste er doch außerordentliche Gewalt am eigenen Leib erfahren, bis er zaghaft damit begann. Er ist ein normaler Unschuldiger. Angeblich war auch Dreyfus enttäuschend, wenn auch in anderer Hinsicht. »Weil er zu Unrecht verurteilt wurde«, sagte Bernard Lazar (laut Péguy),

»verlangt man alles von ihm, soll er auf einmal alle Tugenden verkörpern. Er ist unschuldig, das ist schon viel.«

Ich bin zum Stoßarbeiter, zum *Udarnik* gewählt worden, schreibt er, deshalb habe ich diesen Juli das Recht, dir vier Briefe zu schreiben. Das ist ein großer Anreiz. Er hat einen Ruhetag, beschäftigt sich damit, Pilze und Blaubeeren zu sammeln, vollendet sein Stalin-Porträt aus Steinsplittern, ist zufrieden damit. Er ist im Lazarett, man behandelt seine Hand mit »Blaulicht«, UV-Licht, aber der Arzt hält nicht viel davon. Er hat die Erlaubnis erhalten, täglich zu duschen, und glaubt, dass diese Behandlung seine Nerven beruhigt. Er hat auch die Erlaubnis erhalten, einen zerbrochenen Zwicker zur Reparatur aufs Festland zu schicken. Für alles benötigt er eine Erlaubnis, als wäre er ein Kind. Er versucht, ein wenig zu lesen. Mit Splitt zeichnet er einen schwarz-weißen Ochsen vor dem Hintergrund einer Weide mit Himmel: Das ist besser, als Stalin-Porträts zu legen, aber ist es nicht unverschämt, nach dem Konterfei des obersten Genossen das Mosaik eines Ochsen anzufertigen? Das scheint ihm nicht in den Sinn zu kommen, er sieht nicht schlecht aus, sagt er (und meint den Ochsen). Er fragt sich, ob es nicht zwecklos war, dass er Warwara gebeten hat, zu Gorki zu gehen, von dem man im Lager keine gute Meinung hat, was nicht unbegründet scheint. Und Dimitrow, hat sie versucht ihn zu treffen? Vielleicht kann er, nachdem er selbst zu Unrecht angeklagt worden war, seine Lage nachvollziehen? Hat sie Schmidt um Rat gefragt? Vielleicht hindert ihn sein Ruhm nicht daran, für die Wahrheit zu kämpfen? Er will nicht glauben, dass die Menschen, dass diese Menschen, diese Genossen blind geworden sind und ihre Augen nicht mehr öffnen wollen.

Ich erinnere mich nicht daran, ob ich dir mitgeteilt habe, dass Stalin meinen Brief erhalten hat, schreibt er im September. Akulow hat es mir gesagt. Vor vier Monaten habe ich ihn abgeschickt, seit acht Monaten bin ich hier und frage mich noch immer, warum. Die Weißen Nächte sind vorbei, der Himmel wird immer herbstlicher, bald ist Sonnenwende. Man sieht kaum noch Möwen. Sie verlassen die Inseln, sobald der Winter naht, bevor das Meer von Eis bedeckt ist, gegen Ende des Frühjahrs kehren sie zurück. Ich möchte dir ein Paket schicken, schreibt er, ich werde ein mit einem Mosaik verziertes Schreibmäppchen hineinlegen und meine zerbrochene Brille. Mein Zustand hat sich verschlechtert, vielleicht weil es Herbst wird. Ich habe dein Paket im Lazarett erhalten, wo ich bleiben muss. Das Lazarett ist laut Tschirkow, der dort für kurze Zeit Putzhilfe, dann Krankenpfleger war, keineswegs eine jener Stätten für Todgeweihte, wie man sie in anderen Lagern antreffen wird. Hoch qualifizierte inhaftierte Ärzte versehen dort ihren Dienst, und der Direktor, ein berühmter Kinderarzt aus Moskau, wacht darüber, dass alles absolut sauber ist. Körperlich kann ich nicht klagen, sagt er, es sind die Nerven, die sich erholen müssen. Ich helfe bei der Verwaltung der Bibliothek und des Lesesaals, aber fast nur korrespondierend.

Die Weißen Nächte sind vorbei, der Himmel wird immer herbstlicher. In den Weißen Nächten gleitet die Sonne über den Horizont im Nordwesten und steigt dann wieder in den Himmel auf, der Himmel zwischen den Wolken ist goldfarben, um die Baumwipfel ist es hell. In diesem Licht sieht die Welt so aus, wie man sie im Traum sieht. Der Herbst kommt schnell, schreibt er, die Polarnacht naht. Heute wurden zum ersten Mal die Öfen angeworfen. Der Wald ist gelb und ockerbraun, die Bäume verlieren ihre Blätter. Ich weiß nicht, was ich tue, wenn ich aus dem Lazarett komme, es wäre mir lieb, wenn ich nicht draußen arbeiten müsste, bei meinem Alter und meiner Schwäche fürchte ich bei aller Liebe zur Natur die Kälte. Meine Genossen schicken mir Zeitungen, schreibt er, aber ich schaffe es nicht, sie zu lesen. Selbst die geringsten Nachrichten regen mich auf. Ich benötigte drei Anläufe, um Litwinows Rede vor dem Völkerbund zu lesen. Ich vermeide es, Artikel über die Arktis zu lesen. Das Wetter wird schlechter, die Tage sind kurz, am Abend ist das Licht sehr schwach. Kalter Herbstregen fällt, am 2. Oktober hat es geschneit, zwei Tage lag Schnee. Ich mache ein wenig Schreibarbeit für die Bibliotheksverwaltung, arbeite an Vorträgen. Hast du dich nach meinem zweiten Antrag bei der Kontrollkommission der Partei erkundigt, fragt er am 6. Oktober. Ich habe ihn am 6. August abgeschickt. Hast du Schmidt aufgesucht? Ich hätte deine Antworten gerne, bevor die Schifffahrt eingestellt wird. Immer wieder kommen mir schreckliche Zweifel, ich kann mich ihrer nicht erwehren.

Die Tage sind kurz, abends ist das Licht sehr schwach. Nach meinen Berechnungen, schreibt er Ende Oktober, hast du meine Briefe Nummer sechzehn und neunzehn nicht erhalten (die Inhaftierten nummerieren ihre Briefe, um zu wissen, welche ankommen und welche verloren gehen). Deine Briefe kommen hier unregelmäßig an. Ich habe die Schachpartien von Capablanca studiert, aber ich kann nicht spielen, weil es meinen Nerven schadet. Du fragst, wie man zu den Solowezki-Inseln reisen kann, aber das ist leider unmöglich; um Besuche zu empfangen, werden die Häftlinge einige Tage ans Festland überstellt und ich habe keine Erlaubnis dazu, schreibt er. Diese heiß begehrten Besuche zehren zudem sehr an der Moral der Deportierten, bei denen das Wiedersehen mit ihren Lieben auch die quälende Erinnerung an das frühere Leben weckt. Tschirkow erzählt, welche Traurigkeit ihn überkam, nachdem er (dieses eine Mal, als »Professor Wangenheim« sich bei der Lagerverwaltung für ihn eingesetzt hatte) seine Mutter in Kem wiedergesehen und danach die (gerechtfertigte) Vorahnung hatte, dass er sie nie mehr sehen würde. Vielleicht habe ich mich vom Leben überholen lassen, schreibt Alexei Feodossjewitsch am letzten Tag im Oktober. Ich habe nicht gesehen, dass eine neue Ethik entsteht, und ich begreife nichts von dem, was geschieht. Man hat mir ein zweites Mal das Recht auf Besuch verweigert, schreibt er noch.

Die Feiern zum Jahrestag der Oktoberrevolution stehen bevor (in unserem Kalender im November), es sind die ersten, die er unter diesen Umständen erlebt, sagt er. Er hat das Lazarett verlassen, doch er ist sehr niedergeschlagen. Er schmückt die Bibliothek, malt Parolen. Seine Zellengenossen sind gerade bei einer Theateraufführung, doch er wollte sie nicht begleiten. Es schmerzt mich, ohne dich dorthin zu gehen, schreibt er Warwara. Lieber bleibt er allein zurück und hütet die Zelle. Das letzte Mal war er im Theater ... oder vielmehr wollte er ins Theater, als sie sich vor dem Bolschoi verabredet hatten. Er erinnert sich an den Tag seiner Verhaftung. In zwei Tagen geht der zehnte Monat dieses Albtraums zu Ende, rechnet er. Wie bitter ist es, an diese verlorenen zehn Monate zu denken, wo das Land doch so dringend Fachleute braucht! Er hat bemerkt, dass sein Name als Herausgeber der Übersetzungen des schwedischen Meteorologen Bergeron gelöscht wurde, das ist traurig, aber eine Lappalie gemessen am Rest. Ich kann nicht mehr zeichnen wie früher, sagt er, ich habe weniger Zeit und das Tageslicht fehlt. An Tagen ohne Sonnenschein ist die Zelle sehr düster. Gestern habe ich begonnen, eine Blume für Elitschka zu zeichnen, aber wegen der Dunkelheit konnte ich sie nicht vollenden. Ob träumend oder wach, sagt er, die Seele findet keine Ruhe.

In zwei Tagen geht der zehnte Monat dieses Albtraums zu Ende. Man hat ihm eine neue Stelle gegeben, in der Bibliothek, es langweilt ihn ein wenig, bemerkt er. Er hat einen Vortrag über die Stratosphäre gehalten, was ein wenig traurig war, weil es ihn an die Zeit erinnert hat, als er sich zusammen mit Prokofjew, dem Kapitän des Stratosphärenballons *URSS-1*, mit diesem Thema befasste. Die Erinnerungen an jene glorreichen Tage kehren wieder, sie liegen kaum mehr als ein Jahr zurück, auf seiner Pritsche liegend sieht er sich noch einmal nachts durch ein geisterhaftes Moskau fahren, das im Nebel, den die Scheinwerfer seines Wagens kaum durchdringen, fast unsichtbar ist, auf den Türmen des Kreml blinken ab und an die Sterne in den Wirbeln eines roten Dunstes auf, als ob Moskau ein zweites Mal gebrannt hätte, und auf dem Gelände in Kunzewo funkelt die gewaltige Ballonhülle von Abertausend Tautropfen … Und dann die Nacht, als man wirklich startete, die er damit zubrachte, die Apparate von Moltschanow einzustellen, voller Angst angesichts der Verantwortung, die plötzlich auf ihm lastete, aber insgeheim vielleicht auch froh, dass durch die Verspätung des Zugs aus Leningrad das Kommando ihm allein zufiel … Er hatte die wissenschaftlichen Erkenntnisse, die sie aus dem Flug gewannen, auf der Titelseite der *Prawda* kommentiert. Was ist aus Moltschanow geworden? Das Schreckliche an seiner Situation liegt nicht nur in der Trennung von der Familie, nicht nur darin, dass man ihn verleumdet, ihm die Ehren nimmt, wie einen Verbrecher behandelt (und dass er aus eigener Schwäche dazu beiträgt), es liegt auch darin, nicht mehr nützlich zu sein, nicht mehr dieses Fieber, diese Unruhe und diesen Stolz zu erleben, die er damals verspürt hat. Wie bitter ist es, an diese verlorenen Monate zu denken, schreibt er … Wie bitter ist es zu wissen, dass andere weitermachen, während man selbst zu nichts mehr gebraucht wird, auf dieser von Eis und Nacht eingeschlossenen Insel Vorträge vor Sträflingen hält, und von der Welt vergessen wird.

Ich habe mir für meine freie Zeit im Winter einen Zeitplan gemacht, schreibt er: Arbeit an der meteorologischen Abhandlung, die ich schreiben will, und fremdsprachige Lektüre. Ich habe angefangen, *Onkel Toms Hütte* auf Französisch zu lesen. Ich bin so beschäftigt, dass ich kein einziges Mal Schach gespielt habe. Das Wetter ist typisch für die Solowezki-Inseln: Zwei Tage lang schneit es, dann schmilzt alles weg, und dann kommen Eisregen und Nebel. Wie geht es Schmidt und Prokofjew? Dieser Prokofjew sollte ein tragisches und höchst romanhaftes Schicksal erleiden. Als Bauernsohn wurde er mit fünfzehn Arbeiter, dann Soldat in der Roten Armee, als Ingenieur für Ballon- und Luftschifffahrt erfand er später ein kompliziertes System für den Start von Stratosphärenballons, das nicht wirklich funktionierte, weil sich in der Regel die Befestigungsseile auf verhängnisvolle Weise verhedderten, sich das Ventil öffnete und der Ballon abstürzte. Nach einem ersten Unglücksfall, der bereits großen Schaden angerichtet hatte, stürzte im März 1939 der *USSR-3* erneut ab. Prokofjew als

Pilot hätte sich mit dem Fallschirm retten können, doch er blieb an Bord. Er und seine beiden Kopiloten wurden schwer verletzt. Zweifellos im Bewusstsein, dass seine Erfindung wirklich nichts taugte und bereits genug gestauchte Wirbel und Darmrisse verursacht (und den Piloten des Prototyps sogar das Leben gekostet) hatte, träumte er im Krankenhaus von neuen Höhenrekorden und jagte sich eine Kugel in den Kopf. Seine glorreiche Stunde hatte am 30. September 1933 in neunzehntausend Meter Höhe an einem dunkelblauen Himmel geschlagen, und diesen Rekord hatte er nie mehr erreicht. Schicke mir bitte ein englisch-russisches Wörterbuch, wenn du kannst, schreibt Alexei Feodossjewitsch an seine Frau. Von acht bis sechzehn Uhr und von siebzehn bis zweiundzwanzig oder dreiundzwanzig Uhr kümmere ich mich um Bücher. Der Rest der Zeit ist für Essen und Schlafen vorgesehen. Ich komme kaum zum Lesen. Ich habe nur wenig Zeit, um meine Fremdsprachen zu pflegen. Heute Nachmittag habe ich für mein Mädchen gezeichnet. Wie gerne hätte ich ein Jahr auf einer Polarstation verbracht, freiwillig, versteht sich, aber im Bewusstsein, eine sinnvolle Arbeit zu tun!

Der Winter nimmt uns in die Mangel, schreibt er Ende November, die Winde sind stürmisch, alles ist weiß, der See ist zugefroren, das Meer noch nicht, aber es wird bald zufrieren, und dann sind wir bis Mai von der Außenwelt abgeschnitten. In all meinen Gedanken und all meiner Sehnsucht bin ich bei euch, bei euch und der Partei, die der Wahrheit wieder zu ihrem Recht verhelfen muss. Ich verliere das Vertrauen nicht, ich möchte es nicht verlieren. Ich inventarisiere die Bibliothek. Ich habe kaum Zeit zum Lesen. Zum Schuheflicken komme ich erst Ende der Woche, aber ich finde jeden Tag ein paar Minuten, um etwas für mein Mädchen zu basteln. Ich habe aus Sperrholz ein großes Schreibtablett für mich gebaut, auf dem ich Tinte, Chinatusche, Farbstifte, Pinsel, Brille und Kneifer ablegen kann. Noch immer nichts von Akulow, schreibt er, und offenbar wird auch nichts mehr kommen. Mein Hirn weigert sich zu verstehen, das alles entspricht überhaupt nicht meinen Vorstellungen vom Bolschewismus ... Doch ich habe den Glauben an die Partei nicht verloren. Immer dieser »Glaube an die Partei«, an den er sich verzweifelt klammert, um nicht zusammenzubrechen, und dessen beharrliche Bekräftigung zeigt, dass er zweifellos dabei ist, ihn zu verlieren.

In meinen Gedanken bin ich bei euch, schreibt er. Es ist mir gelungen, einige Minuten vor seiner Abreise den Kommandanten des dreizehnten Sektors des *BelBaltKombinats* (BBK) zu sprechen und ihm einen Brief an den Genossen Stalin zu übergeben, er hat mir versprochen, ihn schnellstmöglich abzuschicken und mir das Versanddatum mitzuteilen. Ich flehe dich an, erkundige dich im Sekretariat, ob er mein Gesuch erhalten hat: Es ist vor allem wichtig für die Partei, in erster Linie geht es nicht um mein persönliches Schicksal. Ich habe einen Vortrag gehalten über die Möglichkeit, mit einem Düsentriebwerk zum Mond oder zum Mars zu fliegen, schreibt er, es waren nur etwa dreißig Zuhörer da, aber es wurden viele Fragen gestellt. Nur dreißig Zuhörer, die alle von einer unwahrscheinlichen Rückkehr nach Moskau oder Leningrad oder Kiew träumen, zu ihren Familien, ihrer Arbeit, ihrem Leben, das sie zurückgelassen haben, und die sich trotzdem für eine Reise zum Mond interessieren ... »Ungeheuer ist viel und nichts ungeheurer als der Mensch«, sagt Sophokles. Das

Meer wehrt sich gegen den Winter, es gefriert, aber noch nicht so, dass die Schifffahrt zum Erliegen kommt, Schiffe legen an, wenn auch recht selten.

Eine Reise zum Mond oder zum Mars. Ein Brief an den Genossen Stalin. Die Welt, in der Genosse Stalin lebt, ist weiter weg vom Deportierten Wangenheim als der Mond oder der Mars. Am 1. Januar 1935 beendet er ein Porträt unter Glas des Genossen Kirow, der einen Monat zuvor in Leningrad ermordet worden ist. Dieser Artikel verkauft sich gut, es ist der vierte, der bei ihm bestellt wurde. Am Abend plant er einen Vortrag über ein Thema zu halten, das er für ziemlich originell hält: »Panorama der menschlichen Errungenschaften im Bereich des Wissens, von der Erschaffung der Welt bis zum Aufbau des Sozialismus und dem Beginn der klassenlosen Gesellschaft«. Ein Thema, das in der Tat ambitioniert ist. Ich weiß nicht, was dabei herauskommen wird, schreibt er. Du vermeidest es, über deine materielle Lage zu berichten, schreibt er Warwara, oder verschwinden die Briefe, in denen du darüber sprichst? Wie dem auch sei, dass ich nichts davon erfahre, ängstigt mich. Seit drei Tagen ist es sehr kalt, doch sorge dich nicht um mich, einmal in der Woche zünden wir den Ofen an, er ist die ganze Zeit warm. Die Bibliothek ist geheizt, wir arbeiten unter guten Bedingungen und immer mit elektrischer Beleuchtung, denn der Tag ist sehr kurz. Ich musste die Zelle wechseln, jetzt wohnen wir zu viert und ziemlich eng, aber friedlich. Wir müssen viel arbeiten und ich hatte keine Zeit, irgendetwas für meinen kleinen Stern zu zeichnen.

Seit drei Tagen ist es sehr kalt. Das Flugzeug hat die Zeitungen für die Bibliothek gebracht, schreibt er, ich habe den ersten Teil bis vier Uhr früh katalogisiert und den zweiten in der folgenden Nacht bis sieben Uhr morgens. Daran schlossen sich die Vorbereitungen zu den Lenin-Feiern an. Heute habe ich um drei Uhr morgens aufgehört. Ich habe eine Tuschzeichnung unter Glas von W. M. (sicher Molotow) gemacht, umgeben von roten Fahnen und den Errungenschaften des sozialistischen Aufbaus: dem Dnjepr-Stausee, den Chemiefabriken usw. Ein Schneesturm peitscht um die Insel, die Winde sind heftig. Ja, dieses Jahr ist verloren, schreibt er. Wenn ich jemanden in Moskau vor den Kopf gestoßen habe, hätte man mich in die Provinz schicken können, um dort eine Kolchose zu verwalten, ich habe Erfahrung in Landarbeit, oder ich hätte dieses Jahr auf einer Polarstation verbringen können, das wäre sinnvoll gewesen, was jetzt geschieht, ist hingegen absoluter Unsinn. Glaube bloß nicht, mein Beharren darauf zu erfahren, wo meine Gesuche an Stalin abgeblieben sind, sei nur meiner Naivität geschuldet, schreibt er. Wenn Otto Juljewitsch ihren Inhalt kennen würde, sähe er es als seine verdammte Pflicht als Kommunist an, etwas zu unternehmen. Otto Juljewitsch, das ist Otto Juljewitsch Schmidt, der Leiter der *Tscheljuskin*-Expedition. Meine Gemütsverfassung verschlechtert sich. Nachrichten von euch sind das Einzige, was mir noch Freude machen kann. Ihr in Moskau, ihr lebt in einer historischen Epoche, jeder Tag bringt neue Erfolge, neue Siege … Der 17. Parteikongress, die Einweihung der Metro, wie hätten mich alle diese Ereignisse begeistert! Du irrst dich, wenn du glaubst, ich kümmerte mich nicht um meine Ernährung, ich habe keinen Hunger und esse sogar zu viel. Ich mache Fortschritte beim Kochen, ich habe eine Art Obstauflauf für mich und meine Zellengenossen gemacht, der mir richtig gut gelungen ist.

Du gibst zu viel Geld für die Pakete aus, meine Liebste. Euer Leiden ist nicht zu rechtfertigen vor der Geschichte. Wenn Stalin davon wüsste … Ich schaffe es nicht, in meinem Kopf Bolschewismus und vollkommenen Unsinn in Einklang zu bringen, schreibt er. Vor fünfunddreißig Jahren habe ich gebrochen mit der Klasse, aus der ich stamme, ich habe meine ganze Kraft und mein Wissen der Arbeiterklasse gewidmet. Ich kämpfe darum, meine Seelenstärke zu bewahren, ich möchte das Vertrauen in die Partei und die Sowjetmacht nicht verlieren. Ich hoffe immer noch, dass die Vernunft siegen wird, das ist viel wichtiger als mein persönliches Schicksal. Du solltest Akulow um eine Besuchserlaubnis bitten, vielleicht erhältst du eine für die Zeit, wenn die Schifffahrt wieder aufgenommen wird. Ich werde noch einmal an Stalin und Woroschilow schreiben, ob es etwas nützt, weiß ich nicht, doch es ist meine Pflicht der Partei und dem Land gegenüber. Du schreibst, du möchtest ein Gesuch an das Amnestie-Komitee richten. Aber, mein Kind, man kann nur Schuldige begnadigen, und ich kann keine Schuld bekennen, die es nicht gibt.

Ich habe mein siebtes Gesuch an Stalin gerichtet, schreibt er, im Augenblick ist alles umsonst, und ich begreife überhaupt nichts mehr. Ich kämpfe darum, meine Seelenstärke zu erhalten. Vergiss nicht, Otto Juljewitsch anzurufen, ich habe ihn gebeten, dir mitzuteilen, was mein Einspruch ergeben hat. Es ist unbekannt, was er, der Held der Arktis, Warwara antwortete, seine Briefe an sie sind nicht erhalten, doch die Lektüre eines der folgenden Briefe von Alexei Feodossjewitsch lässt es einen ahnen: Nach dem, was mit Otto Juljewitsch passiert ist, schreibt er, nach dem, was er gesagt hat, ist es nur allzu deutlich, dass die Zeit der Wahrheit noch nicht gekommen ist. Dieser Verrat von Schmidt versetzt den Illusionen, die er sich erhalten wollte, einen schrecklichen Schlag. Seit einem Jahr kämpft er gegen die Zweifel an, er weiß, dass er sie nicht in sich wachsen lassen darf, sie sind wie Feuer in trockenem Stroh, man muss es unter dem Absatz austreten, bevor es alles verzehrt. Plötzlich fühlt er nur Asche in sich. Es ist Frühjahr, April 1935. Ein unheilvolles Frühjahr. Ich zweifle nicht daran, dass die Geschichte die Ehre meines Namens wiederherstellen wird, schreibt er, aber bis vor Kurzem glaubte ich noch, dass die Partei, sobald ihr mein Gesuch vorliegt, begreifen würde. Offensichtlich ist das nicht der Fall.

Ich begreife nichts, rein gar nichts. Jetzt haben wir Frühling, schreibt er am 18. Mai, es heißt, in den nächsten Tagen könnte ein Schiff anlegen. Nur, der Hafen ist noch vereist. Die Felder sind noch schneebedeckt, der See ist gefroren, aber die Möwen sind zurück und einige bauen schon ihr Nest. Heute habe ich im Radio von der Katastrophe der *Maxim Gorki* und der Vielzahl von Opfern gehört. Die von Tupolew entworfene *Maxim Gorki* (nicht viel später wird sich der Ingenieur im Lager wiederfinden) war das größte Flugzeug der Welt, das dreiundsechzig Meter Flügelspannweite hatte, dazu acht Motoren sowie ein Panoramafenster im Bug. Das Flugzeug sollte zu Agitprop-Zwecken eingesetzt werden, daher war es mit einem Foto- und einem Radiostudio, mächtigen Lautsprechern, einer Druckerei und einem Kinosaal ausgestattet, anscheinend konnten sogar Leuchtbotschaften an der Unterseite der Tragflächen angezeigt werden. Dieses Riesending brachte die Menge zum Staunen bis zu jenem Tag im Mai 1935, als ein kleines Jagdflugzeug, das die Maschine mit Loopings begleitete, um das Luftfahrtspektakel noch spannender zu machen, einen Flügel streifte, den Absturz des fliegenden Walfischs und den Tod von seinen fünfundvierzig Insassen verursachte. Auf dem Nowodewitschi-Friedhof in Moskau, nicht weit entfernt von Tschechows Grab, steht ein ziemlich aufsehenerregendes Monument für die Toten der *Maxim Gorki*. Befand sich Archangelskis Bruder unter den Passagieren? Alexei Feodossjewitsch sorgt sich. Archangelski, ein großer Gynäkologe, ist einer der drei Freunde, die Warwara und Eleonora noch zur Seite stehen, zusammen mit den beiden Meteorologen Suworow und Chromow, jenem Chromow, der »vergessen« hatte, Lenin und Stalin in seinem Artikel über die »Neuen Ideen« in der Meteorologie zu zitieren. Ein hartnäckiger Menschewik, so viel steht fest …

Der Frühling ist da, schreibt er am 24. Mai. Der Schnee ist fast geschmolzen, die Schiffe fahren wieder, auf dem See liegt noch eine schmutzige Eisdecke, die schwarzen und grünen Löcher darin werden immer größer. Und dann, am 1. Juni, ein großer Schneesturm. Ich bin nicht hinausgegangen, sagt er, in unserem Zimmer ist es warm, aber ich behalte diese Kälte in der Seele. Hast du um eine Besuchserlaubnis gebeten? Akulow hätte sie erteilt, doch jetzt bin ich mir nicht mehr sicher. Denn Akulow ist durch Wyschinski ersetzt worden, den künftigen Generalstaatsanwalt der »Moskauer Prozesse«, den Mann, der mit vulgären Worten verlangen wird, dass man die Angeklagten Bucharin und andere alte Bolschewisten »tötet wie räudige Hunde«, »zermalmt wie verdammte Echsen«. Der sich auch in solche lyrische Höhen aufschwingen konnte: »Auf den Gräbern der abscheulichen Verräter werden Unkraut und Disteln wuchern.« Von einem solchen Menschen ist nichts zu erwarten, selbst wenn er noch nicht offenbart hat, worin seine Begabung liegt. Tief im Innern kocht meine Seele vor Empörung, schreibt Alexei Feodossjewitsch. Mit welchem Recht darf man einem ehrbaren Diener des Staats ein solches Leid auferlegen? Vor einem Jahr bin ich hier angekommen, dieses Jahr kann ich aus meinem Leben streichen. Wenn ich in den Zeitschriften lese, stoße ich manchmal auf Hinweise, die sich auf meine Arbeiten beziehen. Wir hatten wenig Gelegenheit, uns darüber zu unterhalten, du weißt sicher nicht, was ich geleistet habe, die Zeit wird vergehen und man wird alles vergessen, was mein Arbeitsleben ausfüllte. Ich habe beschlossen, eine Bilanz dessen aufzustellen, was ich zuwege gebracht habe, damit du und meine Tochter wissen, dass ich kein Nichtsnutz war, »der die Luft verpestete«.

Zu diesem Zeitpunkt, am 10. Juli 1935, erwähnt er das »Windkataster« und das Sonnenkataster sowie die Wind- und Sonnenenergie, in denen er ein Versprechen für die Zukunft sieht. Er begreift, dass das Leben ohne ihn weitergeht, dass sein Werk ohne ihn fortbesteht, dass andere seine Ideen, seine Arbeiten, seine Träume aufgreifen, und das ist eine neue Qual. Er scheint die Hoffnung zu verlieren, eines Tages in diese tatkräftige Welt zurückzukehren, in der man entwirft, beschließt, umsetzt, in der eine Zukunft existiert, die man vermeintlich zähmt wie ein wildes Pferd, in der man sich selbst verwirklicht, indem man den Sozialismus verwirklicht. Hier, auf der Insel, gibt es keine Zukunft, hier gibt es nichts zu verwirklichen. Diese Insel ist eine Toteninsel. Es ist ein Testament, das er seiner Frau und seiner Tochter hinterlassen will, damit wenigstens sie nicht vergessen, dass er nicht immer nur ein Vorgang, eine Nummer in den Verzeichnissen des NKWD war. 1934 hätte ich den ersten Atlas über die Verteilung der Windkraft in der UdSSR fertigstellen sollen, schreibt er. Man wird ihn sicher veröffentlichen, doch ohne mich. Und ebenso das Sonnenkataster, mein Kind. Die Windkraft ist unerschöpflich und erneuerbar. Bald werden weite Gebiete der UdSSR durch Windkraft elektrifiziert sein, und mein Name wird verschwinden, ohne eine Spur zu hinterlassen. Die Sonnenenergie ist noch gewaltiger. Die Zukunft gehört der Sonnen- und der Windenergie.

Diese Kälte im Innern weicht nicht von mir. Vom Winter kamen wir direkt in den Sommer, die Tage sind sehr heiß, schreibt er Ende Juni. Tausende von Wildgänsen ziehen auf ihrem Flug nach Norden am Himmel entlang. Er klagt darüber, dass er mit seinen Forschungen über den Einfluss des Wetters auf den menschlichen Organismus nicht vorankommt. Diese Frage, sagt er, die auf eine Verlängerung der Lebensdauer hinauslaufen kann, hat ihn schon immer beschäftigt. 1932 hat er die erste Konferenz in der UdSSR und vielleicht, schmeichelt er sich, auf der ganzen Welt abgehalten, die sich dem Einfluss des Klimas auf den Menschen widmete. Ärzte, Architekten, Ingenieure, Forstwissenschaftler und Planungsspezialisten waren daran beteiligt … Es ging darum, über die Zusammenhänge zwischen den hydro-meteorologischen Gegebenheiten und der menschlichen Gesundheit, dem Wohnungsbau, der Stadtplanung nachzudenken. Bei der Betrachtung von Wohnformen und Städten das Klima zu berücksichtigen, war zu jener Zeit nicht üblich, er war in der Tat ein Vordenker. Er liest in einer Zeitschrift einen Artikel über einen neuen Flug in die Stratosphäre (es muss sich um den Flug von *URSS-1 bis* im Juni handeln, der beinahe wieder mit einem tödlichen Absturz geendet hätte), einmal mehr erinnert er sich an den Dunst über Moskau, im Scheinwerferlicht, mit dem Micha, der Chauffeur, ihn ausleuchtete in der Nacht, die er damit zugebracht hatte, die Instrumente vorzubereiten, auf der Karte den Ort der Landung zu bestimmen (er hatte ihn exakt vorhergesagt!), an das ängstliche Warten auf die Funksprüche aus der Gondel, an die näselnde Stimme Prokofjews, als er seine kommunistischen Grüße aus dem hohen Himmel herabschickte, wo er ebenso wenig Gott antraf wie achtundzwanzig Jahre später Juri Gagarin, und dann das Wichtigste, die Auswertung und die Analyse der Messergebnisse. Am 8. Januar, jenem verhängnisvollen 8. Januar 1934, hatte er die Zusammenstellung der Ergebnisse vorbereitet, damit sie für den 17. Parteikongress gedruckt werden konnten. Er hatte sie bei seiner Verhaftung in der Tasche. Er hätte nur noch die beiden Artikel Korrektur lesen und alles in die Setzerei schicken müssen. Was dann folgte, weißt du ja, schreibt er an Warwara. Die Sammlung ist veröffentlicht worden, aber natürlich ohne meine Beiträge und mit einem anderen Redakteur.

In letzter Zeit, schreibt er im Juli, habe ich meine persönliche Arbeit ein wenig verschleppt, denn zusätzlich zu meiner regulären Arbeit in der Bibliothek musste ich die Räume putzen, den Lesesaal, die Toiletten. Das ist ein großer Bereich und es raubte mir alle meine freien Stunden. Ich hatte also keine Zeit, ein Rätsel für meine Tochter zu zeichnen. Ich schicke ihr das Bild einer Beere, die man hier findet, ich habe vor, eine Sammlung von Blumen und Früchten für sie anzulegen. Im Laufe der Monate zeichnet er Aprikosen, Preiselbeeren, Trauben, Kirschen, eine Walderdbeere, Moosbeeren, Stachelbeeren, Himbeeren, Renekloden, Blaubeeren, Schwarze und Rote Johannisbeeren, Pflaumen, einen ganzen Fruchtsalat, und noch zwei andere, von denen ich nicht weiß, wie sie heißen. Er zeichnet auch eine ganze Pilzsammlung. Die Rätsel sind in Knittelversen geschrieben, deren Reimschema nachzuahmen, ich nicht riskieren will: »Ein Haus voller Leute / Ohne Tür und Fenster« (eine Bohnenschote), »Zwei Brüder leben jeder an einer Seite des Wegs / Aber sie sehen sich nie« (die Augen), mit einer Variante: »Zwei Brüder sehen sich, ohne sich je zu begegnen / Der eine ist abgetreten, die andere verraucht« (Zimmerboden und Decke), oder auch diese beiden, die ich sehr schön finde: »Stählerne Nase / Schwanz aus Leinen« (eine Nadel), und »Siebzig Mäntel / Aber weder Knopf noch Schnalle« (ein Kohlkopf).

Wir wissen nichts über den Norden, schreibt er, dabei bestimmen die polaren Luftmassen unser Klima. Es gab kein Netz von Polarstationen, ich habe es trotz größter Schwierigkeiten entwickelt, die weiten Räume Sibiriens eingeschlossen. Man wird natürlich künftig alles verschweigen, was man mir zu verdanken hat, der ganze Ruhm wird Otto Juljewitsch und den anderen zukommen, aber die Geschichte wird sich erinnern. Von Spitzbergen bis nach Uelen auf der Tschuktschen-Halbinsel sind Ergebnisse meines Schaffens vorhanden, sichtbar. Verfemt, vergessen, verraten, gedemütigt, hat er Anwandlungen von Hochmut, schreibt sich den ganzen Ruhm zu. Hätte er nicht drei Jahre lang dafür gekämpft, schreibt er, ein Netz von Polarstationen aufzubauen, wäre der transpolare Flug, den der Pilot Lewanewski vorbereitet, ein gut aussehender Kerl, der als »russischer Lindbergh« bekannt ist, nicht möglich (der Versuch scheiterte übrigens und Waleri Tschkalow war der Erste, der den Pol überflog und Moskau ohne Zwischenstopp mit Vancouver verband). Die Erhebungen über die magnetischen Felder auf dem gesamten Gebiet der UdSSR, auch das war er. Statt die aus der Stratosphäre zurückgekehrten Instrumente abzulesen, statt Flugzeuge über die einzigen Wüsten zu leiten, in denen der Kompass verrücktspielt, statt den Erdmagnetismus zu kartografieren, statt vom Licht zu träumen, das die Winde erzeugen, ist er jetzt dazu verdammt, Pilze zu sammeln und Pflanzen zu pressen. Heute hatten wir frei, schreibt er, ich bin mit einem Genossen hinausgegangen. Wir haben Pilze und Pflanzenproben gesammelt, Beeren von den stacheligen Torfgewächsen probiert … Welch bitterer Hohn! Sein Freund, sein Schüler Nikolai Subow durchquert die Karasee auf dem Eisbrecher *Sadko* (dem Namen jenes russischen Sindbad, dem Rachmaninow die Oper gewidmet hat, die Wangenheim zusammen mit Warwara am Abend des 8. Januar 1934 besuchen wollte – eineinhalb Jahre ist das jetzt her, doch das war in einer anderen Zeit, in einer anderen Welt), er wird eine Station auf der Insel Einsamkeit errichten. Ich freue mich für ihn, schreibt Alexei Feodossjewitsch. Subow wird bestimmt versuchen, mich zu vergessen, wie Schmidt, doch im Grund seines Herzens wird er sich daran erinnern, was ich für ihn getan habe. Wir haben die ganze Arktis mit einem Netz für Expeditionen überzogen. Auch ich habe davon geträumt, für eine von ihnen zuständig zu sein, wie Subow … In Wirklichkeit ist die Insel der Einsamkeit dort, wo er sich gerade befindet.

Seit 1925, schreibt er, habe ich die Zusammenlegung der Wetterdienste zu einem großen vereinigten Amt vorangetrieben, und 1929 ist es mir gelungen. Und ich habe keinen Zweifel daran, dass mein Plan zur Vereinigung der Wetterdienste eines Tages auf der ganzen Welt umgesetzt wird. Hier habe ich zwei Vorträge zum Thema »Die Wissenschaft im Dienst des Alltags« gehalten. Ich habe vom Zusammenhang zwischen Molekülen gesprochen, um auf die gute und die schlechte Methode zu schließen, die Fußböden zu fegen. Das Auditorium zeigte sich sehr interessiert. In geistiger Hinsicht ist mein Leben sehr hart, weil ich niemanden zum Reden habe, es ist die vollkommene Einsamkeit, alles, was ich erleben kann, erlebe ich allein. Alexei Feodossjewitsch teilt nicht im Geringsten den Standpunkt Juri Tschirkows, der über die intellektuelle Brillanz der kleinen, um die Bibliothek versammelten Gesellschaft in Entzücken gerät. Doch Tschirkow ist ein junger Mann voller Optimismus, und Wangenheim ein nervlich angegriffener Mensch, der spürt, dass sein Leben von nun an nutzlos zerrinnt. Ab und zu fahre ich fort, Fremdsprachen zu lernen, schreibt er. Apropos Einsamkeit, ein Geschöpf habe ich vergessen zu erwähnen: meine kleine Katze. Wir hängen sehr aneinander. Sie springt gerade von meiner Schulter, wo sie friedlich geschlafen hat. Sie ist diszipliniert, verschmust, schalkhaft, sie weiß, wann ich mich zum Essen hinsetze, dann kommt sie zu mir und beginnt, an meinen Beinwickeln zu kratzen. Einmal ist sie durch die offene Tür entwischt, ich habe sie lange gesucht, doch sie ist von selbst zurückgekommen. Es mag seltsam erscheinen, aber dieses kleine graue Lebewesen lindert meine Traurigkeit, selbst wenn sie beim Spielen meine Papiere durcheinanderbringt oder mit ihren schmutzigen Pfoten meinen Tisch verdreckt.

Es ist die vollkommene Einsamkeit. Wir haben die Pilze getrocknet, schreibt er. Wenn du ein Paket schickst, lege einen feinen Kamm hinein. Hier wird uns regelmäßig der Kopf kahl rasiert, aber zwischen den Rasuren würde ich mich gerne kämmen, und der Kamm, den ich angefertigt habe, hat zu grobe Zinken. Es ist ein solches Unglück, sich mit diesen Dingen beschäftigen zu müssen statt mit wirklich wichtigen Problemen ... Ich kämpfe, um meine Seelenstärke zu bewahren. Ich habe neue Schuhe angezogen. Ich befürchtete, ich müsste die alten behalten, die abgelaufen sind, doch man hat mir neue gegeben, die eineinhalb Nummern zu groß sind, mit Socken und Beinwickeln geht es aber. Jetzt bin ich gut ausgestattet, wenn mir keiner etwas stiehlt, wie es gewöhnlich vorkommt. Wir bereiten uns auf die Oktoberfeier vor, die zweite, die ich hier ohne euch feiern werde mit der niederschmetternden Gewissheit, dass es absolut sinnlos ist. Ich bin sehr erschöpft. Ich hatte einen riesigen Furunkel am Rücken, heute ist der erste Tag, an dem ich mich zum Schreiben an den Tisch setzen kann. Meiner rechten Hand geht es viel besser, doch die linke beginnt mir Schwierigkeiten zu machen. Morgen ist es einen Monat her, dass ich meinen siebten Brief an Stalin geschrieben habe. Entweder kommen meine Briefe nicht an, oder sie werden nicht gelesen. Im Innersten befürchte ich, dass sich niemand für die Wahrheit interessiert.

Es gibt keine Fluchtversuche oder nur sehr wenige. Die sechzig Kilometer, die die Große Insel vom Kontinent trennen, sind ein schier unüberwindbares Hindernis, ob das Meer eisfrei ist, wie von Mai bis November, oder zugefroren. Und auf der anderen Seite, am Ufer von Kem, patrouillieren Männer des NKWD. Dennoch gab es im September 1935 einen. Tschirkow, der gerade von Bord der *Udarnik* gegangen war, erzählt davon. Die Sirene der Schaltzentrale ertönt, die Hunde führen die Verfolger ans Ufer, das kleine Wasserflugzeug des Lagers steigt in die Luft. Wenn der Flüchtige versucht, den Meerbusen zu überqueren, hat er praktisch keine Chance, unentdeckt zu bleiben. Ein Sturm kommt auf, man ist gezwungen, die Suche auf dem Wasser abzubrechen. Nach Ablauf einer Woche findet man die Leiche des Entflohenen zerquetscht zwischen einem Haufen Baumstämme, die der Sturm an die Küste getrieben hat. Er hieß Pawel Boreischa, war ein Komsomolze, den der Anblick der Verhungerten in der Ukraine so erschüttert hatte, dass er den Mut fand, darüber zu schreiben, und daraufhin deportiert wurde. Auch er hatte ein Gesuch an Stalin gerichtet, und dieses war gelesen worden, denn es hatte ihm verschärfte Einzelhaft eingebracht.

Hier bin ich vollkommen einsam, schreibt Alexei Feodossjewitsch Anfang Dezember 1935. Mit einigen Mithäftlingen pflege ich gute Beziehungen, aber es gibt niemanden, der mir nahesteht. Hier bin ich ein weißer Rabe. Ich habe mein Gesuch an Wyschinski geschickt, aber ich weiß nicht, was dabei herauskommt. Es ist das erste Mal, dass ich den Staatsanwalt um Durchsicht meiner Akte bitte. Nachdem zwei Jahre vergangen sind, habe ich keine große Hoffnung mehr. Ich bin dennoch überzeugt, dass die Partei, wenn ich am Leben bleibe, eines Tages alles aufklären wird. Es ist nur eine Frage der Zeit. Mein Vertrauen in die Partei ist nicht erschüttert, schreibt er am 24. Dezember. Dann, am 18. Januar: Mein Gesuch wurde unter der Nummer 1726 registriert. Es weht ein entsetzlicher Wind, der Schnee sticht in den Augen. Ich habe einen Vortrag über die Eroberung der Stratosphäre gehalten, im Auditorium waren alle Altersklassen vertreten, vom Neunjährigen bis zum Greis, alle hörten aufmerksam zu.

Hier ist er ein weißer Rabe. Hier bin ich vollkommen einsam. Du schreibst, dass du seit Langem keinen Brief erhalten hast, obwohl ich dir regelmäßig schreibe. Wer hat ein Interesse daran, die Post zurückzuhalten? Bei meinen Spaziergängen, schreibt er, spreche ich mit dem Mond und bitte ihn, meinen Liebsten einen Gruß zu überbringen. Er schickt euch sein Licht zur selben Zeit wie mir. Gestern habe ich ein sehr schönes grünes Polarlicht gesehen. Zuerst sah es aus wie ein sich wellender Vorhang vor dem Himmelszelt, dann Strahlen und Bögen. Wenn man weiß, in welcher Höhe das vor sich geht, wahrscheinlich mehr als zwei Kilometer über der Erde, und mit welch gigantischer Geschwindigkeit sich die Strahlen bewegen, ist man erstaunt darüber, was für einen überwältigenden Eindruck diese Erscheinung macht. Ich lese Nansens *In Nacht und Eis*, schreibt er. Auch er war von der Welt abgeschnitten, doch was würde ich nicht dafür geben, mit ihm zu tauschen. Nachdem er seinen Marsch zum Pol abbrechen und umkehren musste, hatte der Norweger Nansen einen ganzen Winter in einem provisorischen Unterschlupf im nordsibirischen Franz-Joseph-Land verbracht. Wohin ich auch blicke, schreibt Alexei Feodossjewitsch, woran ich auch denke, alles scheint mir düster, bedrückend, oft zum Verzweifeln, das einzige Licht in dieser Düsternis seid ihr, meine Lieben. Dieser Stern leuchtet auf meinen Weg, und ich verliere den Mut nicht, trotz der niederschmetternden Tatsachen, trotz der trübsinnigen Realität. Ich bewahre die Hoffnung, dass sich diese Düsternis lichtet, dass die Partei endlich die Wahrheit anerkennt. Meine fünfzehn Gesuche an die Führung sind allerdings ungehört geblieben ... Vielleicht hat das Gesuch, das ich an Wyschinski gerichtet habe, dasselbe Schicksal erlebt. Ich habe Robbenfett gekauft, schreibt er noch.

Gestern habe ich einen sehr schönen grünen Sonnenaufgang gesehen. Die Tage folgen monoton aufeinander, jeder ist hoffnungslos verloren, bringt das Ende des Lebens näher, sagt er. Mein Gesuch wurde unter der Nummer 1726 registriert … Ich fahre langsam mit meinen arktischen Studien fort. Wenn ich mich in die Forschungsarbeit vertiefe, vergesse ich ein wenig. Niemals in meinem Leben habe ich so viel Zeit auf unwichtige häusliche Dinge verwendet, das muss mit »Umerziehung durch Arbeit« gemeint sein … Es ist offensichtlich, dass unbedeutende Haushaltsdienste, die Reinigung der Aborte usw. nützlicher sind für den Großen Aufbau als die Lösung wichtiger wissenschaftlicher Fragen … Übrigens, schreibt er, sollte man nicht versuchen zu analysieren, was jenseits dessen ist, was wir begreifen können. Dieses kleine graue Wesen, meine Katze mit ihren schmutzigen Pfoten, lindert meine Traurigkeit ein wenig. Ich habe eine Antwort auf eine meiner Anfragen bezüglich meines achten Gesuchs an den Genossen Stalin erhalten: Sie wurde am 15. November 1935 an den Sekretär des Zentralkomitees geschickt. Es ist nichts dabei herausgekommen. Ich glaube, es wird nichts dabei herauskommen, ich habe umsonst an Dimitrow geschrieben. Hand aufs Herz, wenn mir vor dem 8. Januar jemand gesagt hätte, was ich jetzt erkennen muss, ich hätte ihm ins Gesicht gespuckt und ihn einen Lügner und Verleumder genannt.

Im März habe ich gut zehn Vorträge über das Nordlicht gehalten. Ich habe mehrere gesehen, meist sind es Bögen, doch einmal habe ich einen Vorhang aus grünen Strahlen gesehen, der am Himmel schillerte und wogte, als würde der Wind dagegenwehen. Ich lehre anderen etwas, aber ich selbst lerne mangels Büchern zu diesem Thema nichts. Dagegen lese ich mit Interesse neue Bücher über den Bau des Atomkerns. Ich versuche, die meiste Zeit draußen zu verbringen. Am 20. konnte ich dank der Stiefel, die du mir geschickt hast, die Schneehöhe um den Kreml messen, wie ein Hase konnte ich in den Schnee tauchen, an manchen Stelle sank ich bis zur Taille ein. Die durchschnittliche Höhe der Schneedecke beträgt siebzig Zentimeter. Diese kleine Notiz verrät zugleich die Art von Wangenheims Denken, das sich mehr den Zahlen, den exakten Maßen zuneigt als der Fantasie (es stimmt, die Umstände laden nicht dazu ein), wie auch seine demoralisierende Beschäftigungslosigkeit. Ich habe damit begonnen, einen Vortrag über die Sonnenfinsternis am kommenden 19. Juni vorzubereiten, schreibt er. Ich bin dabei, ein großräumiges Planetarium zu bauen. Das erinnert mich an das Jahr 1914, als die Akademie der Wissenschaften plante, mich zur Beobachtung der vollständigen Sonnenfinsternis nach Feodosia zu entsenden. Ich hatte einen Koffer und das ganze Material gekauft, doch vier Tage vor meiner Abreise wurde ich eingezogen und statt nach Feodosia wurde ich an die Front geschickt.

Ich bereite mich auf die Sonnenfinsternis am 19. Juni vor, schreibt er, ich stelle das große Planetarium fertig, ich erstelle technische Zeichnungen, aber eine Frage drängt sich mir immer wieder auf: Warum kann ich das alles nicht für meine kleine Elia und für deine Schüler machen? An einigen Orten, besonders dort, wo in der Mehrzahl gewöhnliche Kriminelle interniert sind, lauscht man meinen Vorträgen aufmerksam, ja sogar begierig. Für mich ist das eine gute Übung, um für Laien verständlich zu sein, ich übe mich darin, Dinge, die

manchmal sehr kompliziert sind, auf sehr einfache Weise aus-
zudrücken, schreibt er. Ich habe im Radio die Übertragung
der Mai-Parade auf dem Roten Platz gehört und es ist so
schmerzlich für mich gewesen, dass ich nach draußen ging,
um nicht in Tränen auszubrechen. Augenblicklich studiere
ich die Relativitätstheorie von Einstein, schreibt er einen Monat später, in den ersten Junitagen, ich merke, dass ich in der
Lage bin, mich schwierigen Fragen zu widmen. Bald wird
man Einsteins Theorie als »talmudische Abstraktion« erach-
ten und die Physiker, die sich auf sie beziehen, als Agenten eines ausländischen Komplotts. *Leben und Schicksal*, der große
Roman von Wassili Grossman, erzählt davon zwischen vielen
anderen Dingen, die zur Kenntnis des 20. Jahrhunderts unabdingbar sind. Während alle seine Überzeugungen unterge-
hen, klammert sich Alexei Feodossjewitsch an das, was nicht
versinkt, die Liebe der Seinen und die Zuverlässigkeit seines
Verstands: Er ist in der Lage, er ist noch in der Lage, die Relativitätstheorie zu studieren. Nachdem die Insel lange Zeit
im Eis gefangen war, zieht mit Schwung der Frühling ein,
man hört den Kuckuck rufen, und in den Hunderten von
Seen und Sümpfen, die über die Insel verteilt sind, beginnen
die Frösche zu quaken, die Möwen sind zurückgekehrt und
ihr Geschrei stört beim Einschlafen, die Vegetation schießt ins
Kraut, Preiselbeeren, Blaubeeren, Moosbeeren verteilen sich
im Unterholz wie Millionen farbige Perlen. Doch wozu ist der
Frühling gut? Es gibt keine Nacht, die Sonne sinkt, gleitet am
nördlichen Horizont entlang und steigt wieder auf, entfaltet
in den Wolken das spektrale Farbenspiel. Bei der bunten Be-
schreibung der natürlichen Pracht darf man nicht auf Wangenheim zählen, es ist sogar merkwürdig, wie sehr seine Lust
zu zeichnen mit der Zurückhaltung seines Blickes einhergeht.

Will man eine Vorstellung der himmlischen Juwelen in den
Weißen Nächten bekommen, liest man besser die Briefe von
Pawel Florenski aus derselben Zeit: »Gestern Abend, bei der
Rückkehr aus dem Kreml, konnte ich mich nicht von der
großartigen Vielfalt des himmlischen Farbspiels losreißen:
Purpur, violett, rosarot, orange, goldgelb, grau, scharlachrot,
hellblau, blaugrün und weiß; alle diese Farben spielten am
Himmel, der von langen, durchsichtigen, sich in violetten
Schichten überlagernden Wolken durchzogen war.« »Die
Pracht eines Claude Lorrain«, fügt er hinzu, »in noch mehr
und noch vielfältigeren Tönen.« Garben von Sonnenstrahlen,
die an den Wolkenrändern hervortreten, treffen auf die Mee-
resoberfläche und erinnern ihn an Raffaels *Vision des Hesekiel*.

Für mich läuft alles ab wie für Radames im letzten Akt von
Aida, schreibt Alexei Feodossjewitsch, doch ohne Aida und
ohne Schuldgefühl. Hier hört man Echos der Freuden des Lebens, des Triumphs der Sache, die mir am Herzen liegt, aber
alles das aus einer unüberbrückbaren Entfernung. Ich erinnere mich an die Jahre nach der Revolution, als ich Vorträge
in Städten und Dörfern hielt. Wie viele Vorträge habe ich für
die Bauern, für die Sowjetmacht, für den Sozialismus gehalten! Offensichtlich genug, um es zu verdienen, hier zu sein. Es
ist die Ironie der Geschichte. Die Beobachtung der Sonnenfinsternis ist missglückt, schreibt er am 20. Juli, der Himmel
war am Morgen mit dichten Wolken bedeckt, man konnte in
den kurzen Momenten, in denen die Wolkendecke aufriss,
nur die zweite Hälfte der Erscheinung beobachten. Vor einigen Tagen habe ich einen großen seelischen Tiefschlag erlitten: Man verkündete mir, ich hätte eine Besuchserlaubnis
erhalten, doch wie befürchtet, hatte man meinen Namen ver-

wechselt. Ich hatte es gewusst, und doch war ich, ohne es zu wollen, voller Hoffnung. Ich verfasse eine Bitte um Korrektur meiner Akte: Man hat irrtümlicherweise Paragraf 10 des Artikels 58 hinzugefügt. Sicher, alle anderen Anklagepunkte sind auch falsch, aber Schreibfehler der Verwaltung sollte man sich wenigstens ersparen. Ich weiß nicht, ob ich etwas erreiche.

Ich habe einen großen Abszess unter der Achsel, schreibt er, ich weiß nicht, wie es zu erklären ist, doch Abszesse sind hier häufig, es heißt, es liege am Wetter. Ich begreife nichts von allem, ich kann nicht glauben, was mir die anderen sagen, ich versuche verzweifelt, mir den Glauben an die Sowjetmacht und die Partei zu bewahren. In diesem Augenblick höre ich im Radio die Glocke des Kreml zwölf Mal schlagen, ich höre das Hupen der Automobile auf dem Roten Platz. Und vorgestern Abend habe ich einen Vortrag über das Leben auf dem Mars gehalten ... Ich habe Milch, Karotten, Kohl gekauft. Ich habe fünfundneunzig Rubel auf meinem Konto. Es ist der dritte Tag der Oktoberrevolution, den ich ohne euch verbringen werde. Ich sollte Ordnung in die einhundert Quadratmeter des Museums bringen und die Abertausend Ausstellungsstücke entstauben. Die Kultobjekte, Ikonen, Psalter, Antifonarien, die ehrwürdigen Bibeln, die Manuskripte von alten Chroniken, der Briefwechsel Iwans des Schrecklichen, ein Teil der Klosterschätze konnte vor der Plünderung durch die Tschekisten und dem Brand von 1923 bewahrt und in einem »antireligiösen Museum« erhalten werden, das in den ehemaligen Wohnräumen und der Kapelle des Klostervorstehers untergebracht ist. Zur Jahresfeier der Oktoberrevolution muss Wangenheim dort Führungen abhalten. Man hat mir die Geschichts- und die Kunstabteilung anvertraut, schreibt er. Ich erhalte dafür »Nachschlag«, das heißt eine bessere Ration Brot, nämlich achthundert Gramm. Gestern habe ich die Fenster und die Wände unserer Zelle abgedichtet, überall gibt es Risse. Ich werde noch einen Winter hier verbringen, ich sehe kein Licht am Ende des Tunnels, ich werde wohl noch sieben weitere Winter so zubringen. Das also ist die Altersruhe, mit der man mir die Arbeit dankt, die ich geleistet habe.

Mein Vertrauen in die Sowjetmacht ist nicht erschüttert … Weißt du, schreibt er, manchmal kommt mir der Gedanke, dass mich mein Einsatz für die Partei und den Aufbau des Sozialismus dorthin gebracht hat, wo ich bin, und dass ich mich, indem ich an dieser Ergebenheit festhalte, immer mehr ankette. Es ist die Ironie der Geschichte. Mit Zucker gemischt sind die gefrorenen Beeren der Eberesche eine Köstlichkeit. Ich habe Zeit gefunden, ein Rentier für Elia zu zeichnen. Heute, an deinem Geburtstag, schreibt er am 17. Dezember, dachte ich daran, dass ich dir ein Porträt des Genossen Stalin und einen Pferdekopf aus Steinsplittern schicken könnte. Seltsame Geburtstagsgeschenke … Merkwürdig, jedes Mal, wenn er ein Stalin-Porträt anfertigt, legt er hinterher den Kopf eines Haustiers. In einer Woche sind es drei Jahre …, schreibt er am 1. Januar 1937. Das erste Jahr war das Jahr der Gewissheit, dass die Wahrheit noch herauskommen und dieser grund- und ziellose Albtraum ein Ende finden würde. Im zweiten Jahr wich die Gewissheit der Hoffnung. Und jetzt, da das dritte Jahr vergangen ist, da keine Gewissheit oder Hoffnung mehr geblieben ist, obwohl ich nichts von meinen Überzeugungen preisgegeben habe, glaube ich noch immer, dass die

Führungskader nichts davon wissen. Während dieser ganzen drei Jahre habe ich mit mir selbst gekämpft, um mich davor zu bewahren, schlecht über die Sowjetmacht und ihre Führer zu denken, sie für das verantwortlich zu machen, was geschieht. Was wird das vierte Jahr bringen? Für ihn persönlich gewiss nicht viel Erfreuliches. Vor Ablauf des vierten Jahres wird der Unglückliche tot sein, nachts ermordet, irgendwo im Wald mit tausend anderen.

Gestern haben wir Neujahr gefeiert, fährt er fort. Gegen elf Uhr dreißig war ich mit dem Aufwaschen des Fußbodens im Museum fertig. Danach habe ich begonnen, etwas für Elitschka zu malen. Es ist mein Geschenk für euch, meine Lieben. Um zehn vor Mitternacht hat mich der Verantwortliche des Museums zu sich gerufen, wir haben eine Tasse Kaffee getrunken, wir haben die Übertragung vom Roten Platz angehört, wir haben beide daran gedacht, dass unsere Familien im selben Augenblick dasselbe hörten und sich vielleicht an uns erinnerten. Dann sind wir schlafen gegangen. Ich habe mein Gesuch an Jeschow abgeschickt! Ebenso könnte man versuchen, einen Hai zu rühren … Der »blutrünstige Zwerg« (er maß kaum einen Meter fünfzig) hatte Genrich Jagoda abgelöst, den er in seiner Funktion als Volkskommissar für innere Angelegenheiten hatte erschießen lassen. Unter seiner »Herrschaft« wurde zwischen 1937 und 1938 »Der große Terror« entfesselt, mit dem sein Name für immer verbunden bleibt (auf Russisch nennt man diese schreckliche Zeit *Jeschowschtschina*) und der die Repressionen vorangegangener Jahre fast als Routine erscheinen lässt. Dieser servile Vollstrecker des stalinistischen Irrsinns wurde am Ende hingerichtet, wie es sich gehört, und bei der Hinrichtung soll er noch darum gebeten haben, dass man seinem Herrn und Henker ausrichte, er sterbe mit seinem Namen auf den Lippen ... Ich habe mein Gesuch an Jeschow abgesandt, schreibt Wangenheim am 11. Januar 1937, ich tat es ohne Hoffnung, aber mein Gewissen verlangt, dass ich es auch auf diesem Weg versuche.

Er wundert sich, dass sein Name in einem Buch über die Stratosphäre zitiert wird, das 1936 erschienen ist, während er in jenen von 1934 getilgt wurde. Ich bin gewohnt, sagt er, dass alles verfälscht oder vergessen wird. Es ist der zweite Monat im Jahr, schreibt er im Februar, und ich habe den Eindruck, dass alles nur ein schlimmer Albtraum ist. Mein Brief an Jeschow wird bestimmt zu keinem positiven Ergebnis führen. Negative Auswirkungen hat er im Augenblick auch nicht. Unternimm du selbst nichts. Möge geschehen, was von irgendjemandem beschlossen wurde, und wenn es noch so absurd ist. Ich erinnere mich an die ersten Monate, als man mir mit dem Schicksal meiner Familie drohte. Die gegenwärtigen Leiden sind genug. Das Wasser gefriert im Zimmer, ich habe es abgedichtet und sogar die Wände verputzt. Der Ofen funktioniert tadellos. Mit meiner Hand geht es einigermaßen, doch die Nervenentzündung dauert an. Ich kann Holz hacken, wozu ich vorher nicht in der Lage war. Ich habe gehört, dass Otto Juljewitsch erneut ausgezeichnet wurde. Statt dreier zusätzlicher Briefe habe ich nur das Recht auf zwei erhalten. Gestern hatte ich Fieber und konnte nicht hinaus. Ich habe die klösterliche Wirtschaft auf den Solowezki-Inseln studiert. Ich habe eine Ikone gefunden, auf der zwei Engel eine Frau auspeitschen. Manchmal finde ich in den Rumpelkammern bemerkenswerte Dinge. Die Kälte in meiner Seele bleibt. Man hat drei Jahre benötigt, um anzuerkennen, dass man mich irrtümlicherweise nach Artikel 58, Paragraf 10 verurteilt hat, schreibt er im April. Ich habe Artikel 58, Paragraf 7, Sabotage, aber nicht Artikel 58, Paragraf 10, Propaganda gegen die Sowjetmacht. Bis heute hieß es immer, ich hätte beide, erst vor ein paar Tagen habe ich erfahren, dass ich nur einen hatte. Es ändert übrigens nicht viel, doch es ist ziemlich bezeichnend: Drei Jahre muss man warten, um zu erfahren, warum man verurteilt worden ist …

Das alles ist nur ein langer Albtraum. Du fragst, was mein Brief an Jeschow bewirkt hat: natürlich nichts, wie ich es erwartet habe. Es ist schon gut, nicht dafür bestraft worden zu sein. Du kannst dir vorstellen, was ich empfand, als ich die Geschichte von der *Sewerny Poljus-1* hörte, schreibt er im August. »Nordpol-1« ist eine Eisdriftstation, das heißt ein kleines Stück Packeis, das die nötigsten Einrichtungen trägt und mit dem Eisgang driftet. Iwan Papanin, ein »Held der Arktis« wie Schmidt, lässt sich im Mai in der Nähe des Pols mit drei Gefährten auf der Station absetzen und wird in acht Monaten, ohne sich zu bewegen, fast dreitausend Kilometer zurücklegen. Die Vorbereitungen zu der Expedition, schreibt Alexei Feodossjewitsch, fanden statt, als ich den Vorsitz des sowjetischen Komitees für das zweite internationale Polarjahr hatte. Deine finanzielle Situation beunruhigt mich sehr, schreibt er am 19. September, wie viel kannst du verdienen? Es ist sehr schmerzlich zu spüren, dass man nichts tun kann … Du brauchst mir nicht jeden Monat Geld schicken, und wenn doch, dann nur einen Rubel, nicht drei. Ich habe einhundertsechzig auf meinem Konto, das reicht für zwei Jahre. Ich lasse keine Gelegenheit verstreichen, dir zu schreiben. Mach dir keine Sorgen, wenn du eine Zeit lang keinen Brief bekommst, das bedeutet keineswegs, dass mir etwas zugestoßen ist. Ich schreibe dir zweimal im Monat, und ich erhalte deine Briefe. Ich versuche, alles wie ein Philosoph zu sehen, aber leider erlauben meine Nerven mir das nicht immer. Außerdem bin ich moralisch kompromisslos, das ist eine andere Schwäche, unter der ich leide. Ohne diese Kompromisslosigkeit wäre alles leichter gewesen, aber ich will sie nicht verlieren. Ich zweifle nicht daran, dass die Geschichte meine Ehre wiederherstellen wird …

Mein liebes Töchterchen, schreibt er Ende September an Eleonora, ich werde dir eine Zeit lang keine Zeichnungen schicken können, aber ich hoffe, du schickst mir deine. Weiß er zu diesem Zeitpunkt schon, dass er auf den Kontinent verlegt wird? Bestimmt, doch warum bittet er dann seine Tochter, ihm weiterhin ihre Zeichnungen zu schicken? Glaubt er, dass die Verwaltung des BBK, der Lager des Weißmeer-Ostsee-Kanals, denen das Gefängnis auf den Solowezki-Inseln jetzt unterstellt ist, sie nachsendet? Ist der zweite Blaufuchs bei dir angekommen, fragt er. Hast du das Gimpelnest und das der *Warakuscha* erhalten? Die *Warakuscha* ist ein Vogel mit blauem Rücken und braunroter Kehle, der einer Meise sehr ähnlich sieht. Was machst du gerade? Wie geht es mit deinen Musikstunden voran? Meine kleine Katze ist noch immer sehr brav, wir sind gute Freunde. Dieser Brief wird der letzte sein, den er schreibt. Ende Oktober, erinnert sich Juri Tschirkow, wurde im Solowezki-Kreml die gewaltige Liste von nahezu zwölfhundert Namen vorgelesen, denen zwei Stunden blieben, um ihre wenigen Habseligkeiten zusammenzupacken und sich von ihren Freunden zu verabschieden. Dann marschierte die Häftlingskolonne in Viererreihen durch die Heilige Pforte, die zum Hafen führte. Tschirkow erkannte dabei mehrere seiner Freunde, Pawel Florenski, den Popen und Enzyklopädisten Grigori Kotliarewski, den ehemaligen Leiter der Bibliothek Piotr Iwanowitsch Weigel, der ihn in Deutsch unterrichtet hatte und ihm zum Abschied zwei Verse aus Goethes *Faust* zuruft: *Auf, bade, Schüler, unverdrossen / Die irdische Brust im Morgenrot,* und »Wangenheim, im schwarzen Mantel, mit einer Tschapka aus Robbenfell. Sie erkannten mich und grüßten mich mit einem Kopfnicken (in den Händen hielten sie ihre Koffer)«. Der Himmel ist grau und tief, als die Kolonne ein Schiff nach Kem besteigt. Das ist das Letzte, was man weiß, sechzig Jahre wird es dauern, bis die Menschenrechtsorganisation »Memorial« durch ihre hartnäckigen Nachforschungen schließlich das weitere Schicksal der Kolonne und ihren Bestimmungsort herausfindet.

Einige Tage nach Abfahrt der Kolonne, am 9. November, hält Tschirkow auf ziemlich shakespearehafte Weise fest, zeigte sich am Himmel ein außergewöhnliches Nordlicht, nicht die üblichen grünen Schleier, sondern purpurrote Bögen, die in der Nacht tanzten. »Einige von uns sahen darin ein schlechtes Vorzeichen.«

ЗУБНОЙ ПОРОШОК
КУЛЬТУРА ЗА НОВЫЙ БЫТ

ДОРОГОЙ ПАПА!
Пол

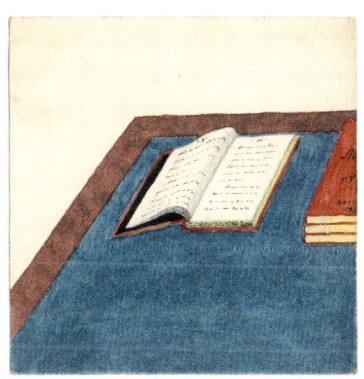

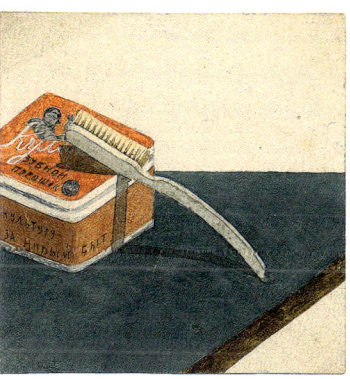

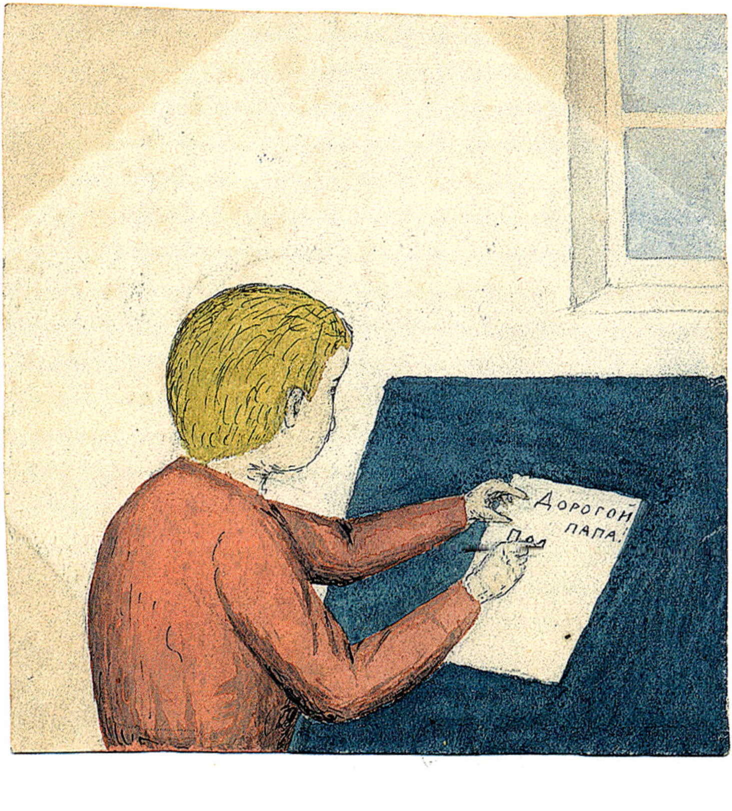

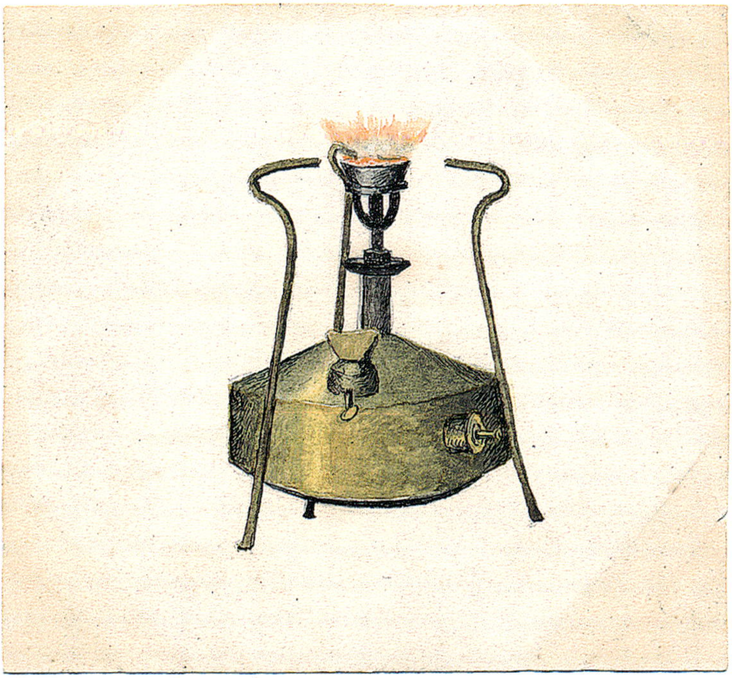

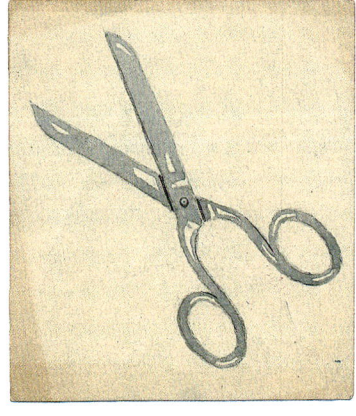

„ПЕЛЕНКИ"
У КРАСНОГО КЛЕВЕРА

КЛЕВЕР Когда родится ребенок - его защищают от холода, ветра пеленками, рубашечками и одеяльцем. Оказывается, „пеленки" и рубашечки встречаются и у растений. Они служат для защиты от непогоды, называются только иначе. Вот у клевера молодые побеги, пока они еще боятся непогоды, спрятаны в широкие прилистники, которые совершенно окутывают побег, пока он молод -(см № 1.)
На № 2 этот прилистник отделен, чтобы его легче было рассмотреть, а на № 3 он для этого даже отогнут.

Но вот молодой побег понемногу растет и вылезает из прилистника. Оказывается, что, вылезая из первой „пеленки"-прилистника, он защищен еще и второй - см № 4. № 5.
Если этот побег несет наверху цветок, то у этого цветка еще особая „пеленка", как это видно на № 6.
Цветок клевера - сложный цветок, он состоит из многих маленьких цветочков. И каждый цветок защищен в свою очередь четвертой „пеленкой" - зеленой чашечкой.
Чашечка со всех сторон закрывает еще совсем молодой цветок - см бутон на № 7, и защищает только низ цветка, когда он распустится - см. № 8.

»Die Windeln des Rotklees«

Холодно котику. Он свернулся клубочком. Как будто стремится подставить холоду возможно меньшую поверхность своего тела, чтобы оно меньше охлаждалось.
Лежит он клубочком и греется. Стало тепло.

КЛЕВЕР НА НОЧЬ СВЕРТЫВАЕТСЯ

У клевера - тройной лист. Днем, когда тепло, этот лист совершенно развернут. Вся поверхность его открыта солнцу и воздуху. Но вот при-

»Der Klee rollt sich zur Nacht ein.«

Шуба у растений

...как и у серебристого то-
поля, у некоторых растений шубой покры-
ваются только молодые части.

Так у ивы (см №1-4) молодые листья
покрыты лесом волосков с обеих сторон,
тогда как у старых листьев остаётся сла-
бое опушение только на нижней стороне.

Сравни два листа герани (см. №5): один молодой внизу, только что вылезающий из па-
зухи взрослого листа, кажется серым, так как
покрыт густым слоем волосков, другой — взрослый
лист — без опушения. Подобное и у клевера. Головка бутонов, где спрятаны ещё
молодые, нежные цветки (см. №6), — защи-
щена лесом усиков, покрытых волосками,
тогда как у головки со взрослыми цветка-
ми (см.№7) этого леса усиков уже не видно

Шуба у растений

Шуба греет человека.
А почему? Потому, что
среди волосинок меха много возду-
ха, а воздух не пропускает ни холода ни тепла.

У некоторых растений тоже
шуба из тончайших волосиков.

Что происходит в шубе,
когда дует сильный ветер?
Волоски шубы не пропускают
ветра, среди них тихо.
Этим пользуются растения.
Зайди в лес во время ветра.

Кругом шумит, верхушки
деревьев качаются, а среди
деревьев внизу тихо. А если
нет ветра, то и вода испаряет-
ся, высыхает медленно.

Вот для того, чтобы защи-
щаться от холода и от силь-
ного высыхания, у некоторых
растений на листьях, сте-
блях, чашечках находится целый
густой лес волосиков, который
составляет их шубу.

Посмотри на листья на обороте.
Снизу они сизые — это от того,
что снизу они покрыты шубой из
волосков. А у серебристого то-
поля молодые листочки с обеих
сторон покрыты шубкой, которая
бережет их от холода

»Der Pelz aus Pflanzen«

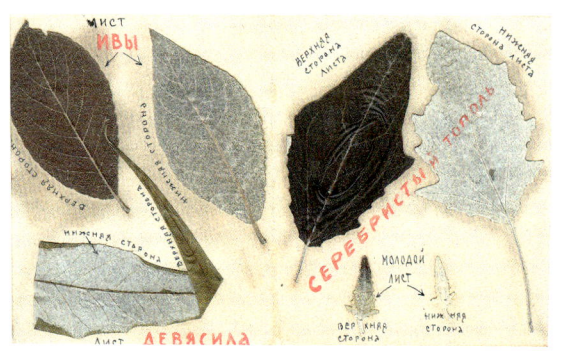

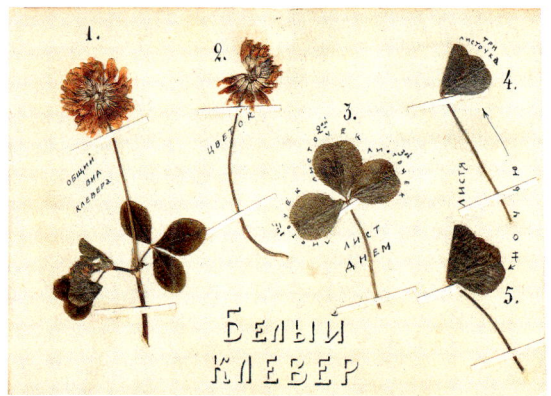

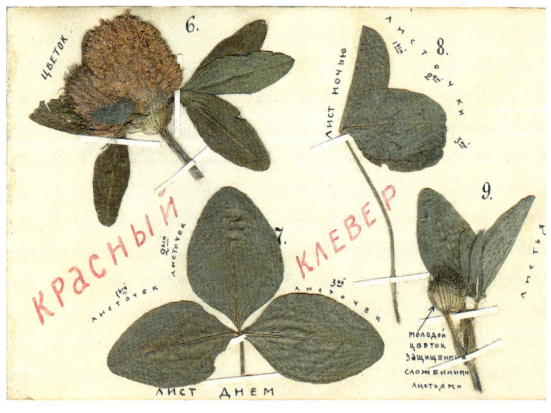

ИВА
1.
2
Молодой лист
Нижняя сторона
Верхняя сторона
3
Взрослый лист
Нижняя сторона 4.
Верхняя сторона
ГЕРАНЬ
КЛЕВЕР
6
Головки бутонов
Молодые цветки - бутоны
Хорошо видны волоски на усик

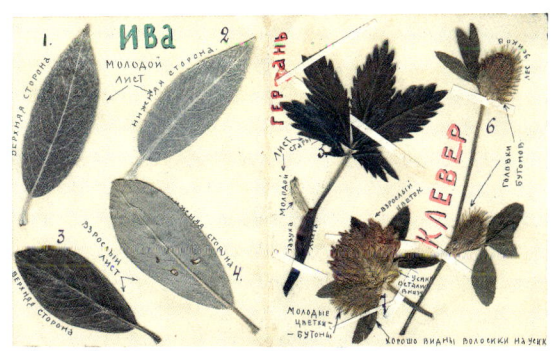

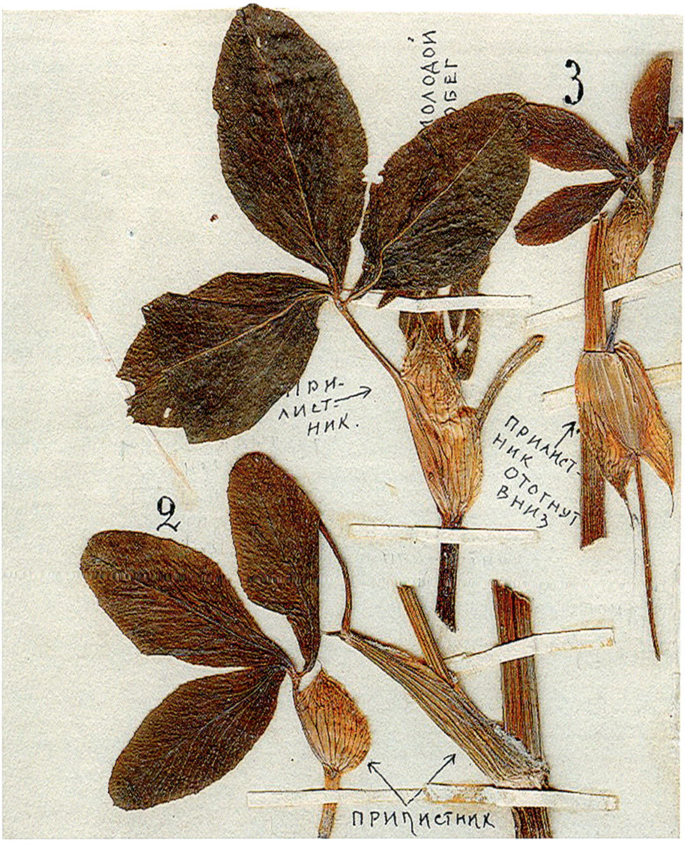
3
ПРИ-ЛИСТ-НИК.
ПРИЛИСТ-НИК ОТОГНУТ ВНИЗ
2
ПРИЛИСТНИК

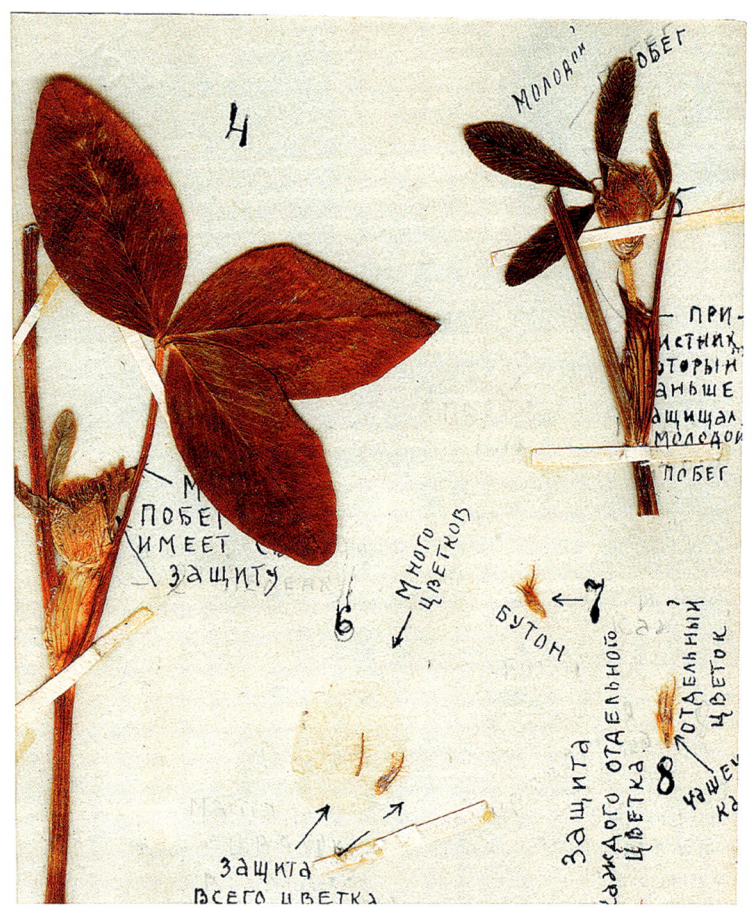

Weißklee, Weide, Silberpappel, Rotklee …

»Ich habe gut zehn Vorträge über das Nordlicht gehalten. Ich habe mehrere gesehen, meist sind es Bögen, doch einmal habe ich einen Vorhang aus grünen Strahlen gesehen, der am Himmel schillerte und wogte, als würde der Wind dagegenwehen.«

(Brief vom 22. März 1936)

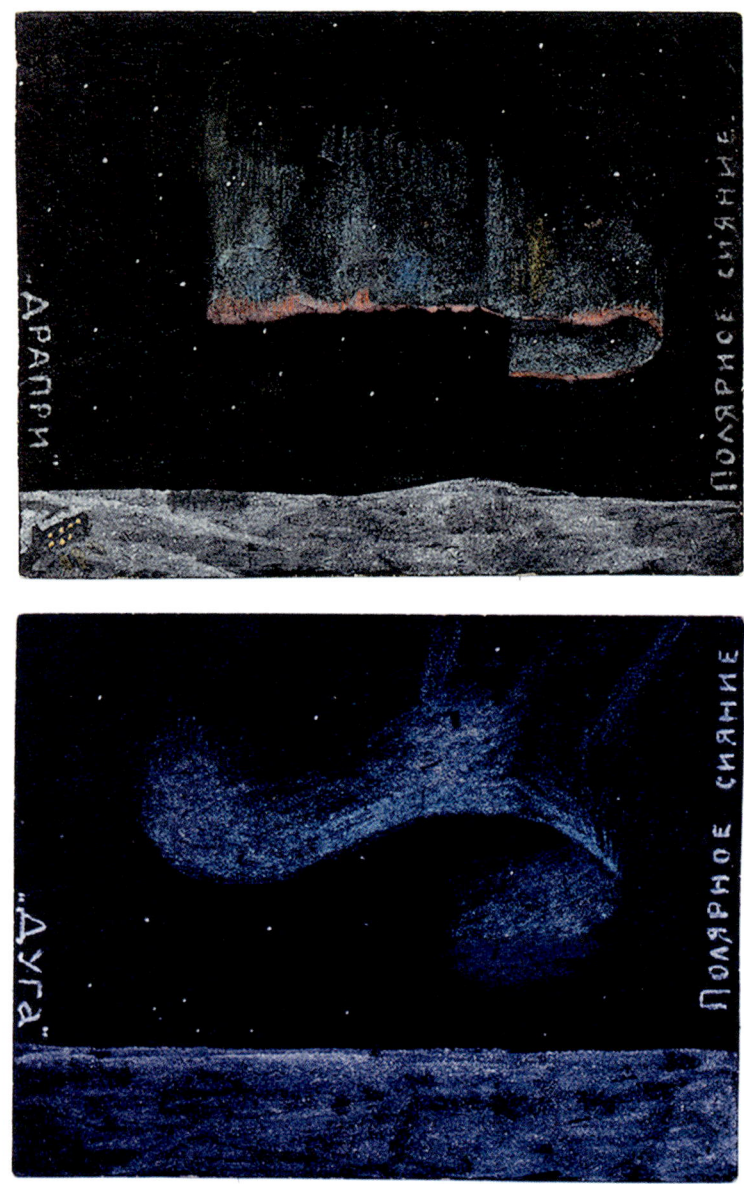

»Hast du das Gimpelnest und das der *Warakuscha* erhalten?«
(Letzter Brief vom 19. September 1937)

Дорогая моя
звездочка Элечка!
Наконец-то и к нам при-
ходит весна. Правда, нет
настоящего южного и да-
же московского тепла, но
деревья уже распускаются,
я уже варил себе моло-
дую крапиву, прилетели кри-
кливые чайки. Может быть

РЯБИНА

Дорогая моя звездочка Элечка!
Ты напи-
сала мне,
что не по-
лучила
черно-сере-
бристой
лисы. Посылаю вторично ее портрет.
Она свободно бегает, не боится людей и

»Ist der zweite Blaufuchs bei dir angekommen?«
(Letzter Brief vom 19. September 1937)

III

I

Elfhundertsechzehn Gefangene besteigen Ende Oktober
1937 das Schiff nach Kem, und von diesem Augenblick an
verliert sich ihre Spur für sechzig Jahre. Es ist ein trister
Herbsttag, sagt Tschirkow, das Schiff legt ab, sein Kielwasser
verschwindet auf der grauen Wasseroberfläche, eine Weile
noch sieht man es unter einer Rauchfahne, die sich mit den
tiefen, grauen Wolken vermischt, nach Westen in Richtung
Kem davonfahren, dann ist es verschwunden (es waren bestimmt mehrere Schiffe oder mehrere Überfahrten, ich be-
zweifle, dass man mehr als Tausend Personen auf der *Udarnik*,
und sei es im Schiffsrumpf, unterbringen konnte). Die elfhundertsechzehn Menschen verschwinden mit dem Rauch über
dem Schiff in der blutigen Nacht des »Großen Terrors«. Kann
man sich das Grauen des jahrelangen, endlosen Wartens vorstellen? Warwara, Alexei Feodossjewitschs Frau, erhält keine
Briefe mehr. Er hat ihr gesagt, sie solle sich keine Sorgen machen, wenn sie eine Zeit lang keine Post mehr erhalte, das heiße nicht, dass ihm etwas zugestoßen sei. Also versucht sie
eine Zeit lang, sich keine Sorgen zu machen. Dann, nachdem
Monate vergangen sind und die Stille fortdauert, beginnt sie
vorsichtig, Erkundigungen einzuholen, doch es ist vergeb-
liche Mühe, sie rennt gegen Mauern. Im Mai 1939 schickt sie
eine Bittschrift an Beria, der Jeschow an der Spitze des
NKWD abgelöst hat: »Alle meine Anfragen sind unbeant-

wortet geblieben. Ich bitte Sie inständig, mir mitzuteilen, wo sich mein Mann gegenwärtig aufhält.« Am 28. Juni schreibt sie an die Generalstaatsanwaltschaft der UdSSR, die Behörde, der Wyschinski vorsteht, und von dort erhält sie endlich die Antwort, Alexei Feodossjewitsch sei am Leben, seine Akte sei 1937 noch einmal überprüft worden, er sei erneut zu zehn Jahren Haft ohne Recht auf Briefverkehr verurteilt und in ein fernes Lager überstellt worden, dessen Name man ihr nicht mitteilen könne.

Zehn Jahre ohne Recht auf Briefverkehr, heute weiß man, dass dies den Tod bedeutete. Doch damals weiß man es nicht, oder vielmehr, damals ist der Tod überall – »Der Todesstern stand über uns«, schrieb Achmatowa in *Requiem* –, er kann sich hinter dieser Formulierung ebenso verbergen wie hinter jeder anderen Aussage, hinter jedem beliebigen Gesicht. Aber zweifellos kann man sich nicht vorstellen, dass der Sowjetstaat seiner extremen Grausamkeit auch noch dreiste Lügen hinzufügt, dass dieser Moloch, der die Menschen zu Hunderttausenden verschlingt, sich wie ein kleines Kind verhält, das bei einem Vergehen erwischt wird, dass diejenigen, die keinen Skrupel vor Massenmord haben, befürchten, ihre Verbrechen könnten bekannt werden. Auch Warwara Iwanowna gibt die Hoffnung nicht auf. Zehn Jahre, zehn Jahre ohne Nachricht, das ist unerträglich lang, doch vielleicht wird sie ihren Mann eines Tages wiedersehen. Der Weltkrieg bricht aus, anfangs gehört die UdSSR an der Seite der Nazis zu den Räubern, dann marschiert Deutschland in sowjetisches Gebiet ein und gelangt bis vor die Tore von Moskau. Bei der Evakuierung nach Magnitogorsk im Ural nimmt Warwara die Habseligkeiten ihres Mannes mit: Bei seiner Rückkehr soll er sie wieder vorfinden. Der Krieg ist zu Ende, sie wird dafür ausgezeichnet, bei einem Luftangriff ruhig Blut bewahrt und ihre Schule gerettet zu haben, 1949 erhält sie sogar den Leninorden. Bestimmt glaubte sie wie viele einfache Sowjetbürger, dass die fürchterlichen Opfer, die sie alle während des sogenannten »Großen Vaterländischen Krieges« erbringen, dass der Heroismus des Volkes, der Volkssoldaten, aber auch einfach des Volkes, der Millionen getöteter Zivilisten während der achtundzwanzig Monate dauernden Belagerung Leningrads, ihr und diesem Volk, dem *narod*, in dessen Namen alles geschieht, für das angeblich alles in Erfüllung geht, ein wenig Freiheit verschafft oder zumindest ein paar kleine Freuden, das Wiedersehen eines Vaters mit seiner Tochter zum Beispiel. Eines Vaters, auf den noch immer seine Habseligkeiten warten, als sie im Frühjahr 1944 von Magnitogorsk nach Moskau zurückkehren. Einer Tochter, die inzwischen fünfzehn Jahre alt ist und den guten Rat in den Wind schlägt, ihren Nachnamen zu ändern und den Familiennamen ihrer Mutter, Kurguzowa, anzunehmen, damit sie ihre Ausbildung leichter fortsetzen kann, ohne Probleme zu bekommen. Wahrscheinlich hat Warwara Iwanowna geglaubt, was man ihr sagte, da wir jedoch wissen, was »zehn Jahre ohne Recht auf Briefverkehr« bedeutet, wissen wir auch, dass sie sich gewaltig getäuscht hat. Stalin, umgeben vom Nimbus der Entscheidungsschlacht um die Stadt, die seinen Namen trägt, umgeben vom strahlenden Glanz der Einnahme Berlins und des Sieges, der Aufteilung der Welt mit Roosevelt und Churchill in Jalta, Stalin ist nicht im Geringsten gewillt, sich gutmütig zu erweisen, es würde maßlos gegen seine eigene Natur gehen, und er hat noch viele Rechnungen offen mit Spionen, Verrätern, Saboteuren, antisozialistischen Elemen-

ten, ehemaligen Kriegsgefangenen, verdächtigen Nationalis-
ten (besonders Juden), Leuten, die sich eingebildet hatten, die
Internationale umfasse die Gattung Mensch … Warum sollte
er verzichten? Alles ist ihm so gut geglückt …

Nur dass er am 5. März 1953 stirbt. »Der große Gott war tot,
das Idol des 20. Jahrhunderts, und die Frauen schluchzten …«,
bemerkt Grossman in *Alles fließt* ironisch. Und sogleich fällt
einem das hysterische Heulen in den Fabriken, auf den Straßen, in den Schulen ein, aber auch der Jubel von Millionen
Häftlingen in den Lagern, das Murmeln, das sich in den Kolonnen der Seki erhebt, die in der Polarnacht, am Ufer des
Eismeers marschieren: »Er ist krepiert!« Wenn Alexei Feodossjewitsch lange genug gelebt hätte, um diesen Tag zu erleben, wenn er 1937 wirklich zu weiteren zehn Jahren Lagerhaft
verurteilt worden wäre und sie überlebt hätte (zusammen mit
der ersten hätte die Haft bis 1954 gedauert), hätte er seinem
Nebenmann dann auch freudig »Er ist krepiert!« zugeflüstert?
Sicher ist das nicht. Hätte er weiterhin verzweifelt, wahnwit-
zig an seinem Vertrauen in die Partei und den Sowjetstaat festgehalten, und an dem Glauben, Stalin habe von den uner-
hörten Leiden unter seinem Gesetz nichts gewusst? Auch das
ist nicht gewiss, man kann jedenfalls hoffen, dass nicht. Doch
an dieser Stelle muss man eine bedrückende und sogar scho-
ckierende Geschichte erwähnen: Mit der letzten Post an seine
Frau im September 1937 schickt er ihr ein kleines Stalin-Porträt aus Steinsplittern. Ich habe dieses Porträt in den Räumen
von »Memorial« in Sankt Petersburg in den Handen gehalten,
es misst ungefähr fünfzehn auf zwölf Zentimeter, das Idol
der Massen ist im Halbprofil abgebildet, auf ockerbraunem
Grund, er trägt eine graue, bis zum Hals zugeknöpfte Militär-

jacke, hat dichtes Haar, einen Janitscharen-Schnauzbart. Es ist das einzige Objekt, das Eleonora, die Tochter, uns zu ihren Lebzeiten überlassen hat, sagt mir später Irina Fliege, die gute Seele von »Memorial« in Sankt Petersburg. Sie konnte den Gedanken nicht ertragen, dass dieser Gegenstand zusammen mit den Blaufüchsen, den Gimpeln und der kleinen Katze in der letzten Botschaft ihres Vaters eingepackt war.

Warum hat Alexei Feodossjewitsch seiner Frau dieses Porträt mitgeschickt? Ich kenne seine Gründe nicht, und niemand wird sie je erfahren. Glaubte er noch immer an Stalin, der doch keinen seiner Briefe beantwortet hatte? Während der ganzen drei Jahre, schreibt er im Dezember 1936, habe ich mit mir selbst gekämpft, um mich davor zu bewahren, schlecht über die Sowjetmacht und ihre Führer zu denken, sie für das verantwortlich zu machen, was geschieht. Was wird das vierte Jahr bringen? Man spürt, dass seine Überzeugung ins Wanken geriet und dass die Reste seines Glaubens nur noch eine Art Antidepressivum waren, das einzunehmen er sich jeden Tag aufs Neue zwang, um nicht zusammenzubrechen. Sandte er dieses Porträt damals, weil er ahnte, welches Schicksal ihn erwartete – eine Zeit lang wirst du keinen Brief mehr von mir erhalten, schreibt er an seine Frau und sein Kind –, weil er zum Schutz seiner Familie nichts anderes mehr tun konnte, als zu zeigen, dass er ein guter Kommunist ist, *perinde ac cadaver*? Möge geschehen, was irgendjemand beschlossen hat, und wenn es noch so absurd ist, schrieb er im Februar 1937. Ich erinnere mich an die ersten Monate, als man mir mit dem Schicksal meiner Familie drohte. Also drohte man ihm, man werde nach seiner Frau und seiner Tochter, seinem »kleinen Stern« greifen. Diese Angst könnte die ständig wiederkehrenden Treuebekundungen gegenüber der Partei erklären, denn er wusste genau, dass alle seine Briefe die Kontrolle und Zensur durchliefen, dass alles, was er schrieb, eine neue Akte füllen würde, die sich gegen ihn richtete, um ihm, sobald er seine Strafe verbüßt hatte, die Freilassung zu verweigern, und vor allem gegen seine Frau und seine kleine Tochter, den einzigen hellen Lichtern seiner Nacht. Wohin ich blicke, schrieb er im Februar 1936, woran ich denke, alles erscheint mir düster, bedrückend, häufig zum Verzweifeln, das einzige Licht in der Dunkelheit seid ihr, meine Lieben. Die Befürchtung, auch seine Familie könnte der Verfolgung anheimfallen, war keineswegs unbegründet: Durch den Ausführungsbefehl Nr. 00486 des NKWD wurden in den Jahren 1937 und 1938 vierzigtausend »Ehefrauen oder Lebensgefährtinnen« verhaftet und deportiert (es war genau festgelegt, dass man jene ausnehmen solle, die ihren Ehemann denunziert hatten …) und ihre Kinder in staatliche Waisenhäuser gebracht. Es ist also möglich oder wahrscheinlich, dass er ihnen das eigenhändig gefertigte Porträt des Diktators schickte in der zarten Hoffnung, dieses würde sie wie einst die heiligen Ikonen unter seinen Schutz stellen und die unerbittlichen Maßnahmen der Geheimpolizei von Warwara und Eleonora abwenden, der Frau und der Tochter eines Volksfeinds.

»Stalin starb ungeplant«, schreibt Wassili Grossman in *Alles fließt*, »ohne Anweisung der richtungsweisenden Organe. Stalin starb ohne persönliche Anordnung des Genossen Stalin. Diese Freiheit, dieser Eigensinn seines Todes enthielt Sprengstoff, enthielt etwas, das dem tief verborgenen Wesen des Staates widersprach.« »Und dieses unvermittelte Geschehen«, fügt er hinzu, »ließ den Staat zusammenzucken, wie nach dem jähen Ereignis, das am 22. Juni 1941 über ihn hereingebrochen war.« Zu den Folgen dieser Unruhe, dieses Bebens, das die staatlichen Führungsorgane beim Tod des Diktators ergreift, gehören die Rücknahme der Urteile und die Rehabilitierung der Opfer. Am 29. April 1956 legt die Militärrichterin E. Warskaya, Stellvertreterin des Generalstaatsanwalts, Einspruch beim Militärkollegium des Obersten Gerichtshofs der UdSSR ein. Darin heißt es, dass die gegen Wangenheim ausgesprochenen Urteile vom 26. März 1934 durch das Kollegium der OGPU (zehn Jahre Lagerhaft) und vom 9. Oktober 1937 durch die Troika des NKWD der Region Leningrad (Todesstrafe) nicht bestätigt werden können und aufgehoben werden müssen (die »Troikas« sind Kommissionen zur außerordentlichen außergerichtlichen Rechtsprechung, die aus drei Personen bestanden, dem Leiter der regionalen NKWD-Verwaltung sowie einem Staatsanwalt und einem Parteisekretär aus der Region, die befugt waren, ohne Vorführung des Angeklagten und nach flüchtiger Prüfung der Akte ein Urteil zu fällen). Die versammelten Zeugenaussagen gegen Wangenheim, argumentiert die Generalmajorin (so ihr Rang in der militärischen Hierarchie), die behaupten, es gebe eine konterrevolutionäre Organisation, die Sabotageakte ausführen wolle und deren Kopf er gewesen sein soll, lassen sich insofern nicht aufrechterhalten, als die überlebenden Zeugen seitdem widerrufen haben. Manche Zeugenaussagen seien durch Gewaltanwendung zustande gekommen. Wangenheim selbst habe, nachdem er zu Beginn der Vernehmung seine Rolle als Kopf einer konterrevolutionären Organisation zugegeben hatte, seine Aussage in der Folge widerrufen. Die Überprüfungen in den Archiven des Innenministeriums der UdSSR und des KGB haben keinen Hinweis auf eine angebliche Spionagetätigkeit ergeben; sie bestätigen im Gegenteil, dass der Angeklagte vor 1917 für seine Beteiligung an der revolutionären Bewegung Maßregelungen unterworfen war. Urkundlich dessen fordert die Stellvertreterin der Generalstaatsanwaltschaft die Aufhebung des Urteils der OGPU vom 26. März 1934 sowie des Urteils der Troika vom 9. Oktober 1937 und die Einstellung des Verfahrens.

Wir schreiben den 29. April 1956. Zwei Monate zuvor hat Chruschtschow vor dem 20. Parteitag in einer geschlossenen Sitzung seine berühmte »Geheimrede« gehalten, in der er den »Personenkult« und die Verbrechen Stalins (nun ja, beileibe nicht alle; nicht die Massenmorde, nicht die, bei denen er selbst, Chruschtschow, die Finger im Spiel hatte) einräumte. Warwara erfährt endlich, dass ihr vor zweiundzwanzig Jahren verhafteter Mann, von dem sie seit neunzehn Jahren keine Nachricht hat, 1937 entgegen der offiziellen Mitteilung an sie nicht zu zehn Jahren zusätzlicher Lagerhaft ohne Recht auf Briefverkehr, sondern zum Tode verurteilt worden war. Dieser Tag im April ist der erste Tag, an dem sie nicht mehr auf seine Rückkehr warten wird. Seine Habseligkeiten, die sie bei sich zu Hause in der Dokutschajew Pereulok Nr. 7 aufbewahrt, dann nach Magnitogorsk geschleppt, dann wieder nach Moskau zurückgebracht hat, als die Hauptstadt nicht mehr von den Deutschen bedroht wurde, werden nie mehr zu irgendetwas gebraucht werden. Ungeheuerliche Dinge haben sich ereignet, ein Weltkrieg ist ausgebrochen, und er war tot. Nazideutschland wurde besiegt, das russische Reich hat sich im Osten Europas ausgedehnt, und er war seit Langem tot. Als das Väterchen des Volkes starb, von dem sie ein Porträt aus ockerbraunen und grauen Steinsplittern besaß, war er, Alexei Feodossjewitsch, schon seit sechzehn Jahren tot, ohne dass sie es gewusst hatte, gestorben an einem Ort, den sie nie erfahren hat und niemals erfahren würde: Der sowjetische Staat hat die Größe, seine bedauerlichen Fehler anzuerkennen und *post mortem* ein Todesurteil zu annullieren, aber nicht die Größe, die Orte seiner Verbrechen (seiner »Irrtümer«) preiszugeben. Sie erfährt gleichzeitig, dass er zum Tode verurteilt worden war und dass er offiziell für unschuldig erklärt worden ist. Die Wahrheit ist schließlich ans Licht gekommen, wie er anfangs nicht müde wurde zu glauben, dann zu hoffen, eine Hoffnung, die immer schwächer wurde – doch er ist nicht mehr da, um diese moralische Entlastung zu erleben. Sie erfährt zugleich, dass er zum Tode verurteilt wurde und dass die Generalstaatsanwaltschaft der UdSSR die Aufhebung dieses Urteils fordert … Und tatsächlich unterzeichnet Oberst-Richter P. Likatschew, Vorsitzender des Militärkollegiums des Obersten Gerichtshofs der UdSSR, am 10. August 1956 eine Anordnung zur Rehabilitierung: »Das Urteil des Kollegiums der OGPU vom 27. März 1934 und das Urteil der Troika des NKWD der Region Leningrad vom 9. Oktober 1937 bezüglich Wangenheim, Alexei Feodossjewitsch, werden aufgehoben. Das Verfahren wird aufgrund des Fehlens eines Straftatbestands eingestellt. Wangenheim, Alexei Feodossjewitsch, ist hiermit posthum rehabilitiert.«

Der Tod ist aufgehoben. Das Verfahren ist abgeschlossen. Aber noch nicht ganz. Auch der sowjetische Staat hat die Wiederauferstehung der Toten nicht erfunden, dafür ein anderes großes Mysterium: die Vervielfachung der Tode. Denn um die finstere Komödie zu vervollständigen, stellt eine andere Behörde, das Standesamt des Leningrader Stadtteils

Kuibyschew, einen »Totenschein« (*Swidetelstwo o smerti*) aus, auf dem steht, dass Alexei Feodossjewitsch Wangenheim am 17. August 1942 an einer Bauchfellentzündung gestorben sei. Die Formularfelder »Sterbeort«, »Stadt, Stadtteil«, »Region, Republik« sind mit violetter Tinte durchgestrichen. Wegen dieses Durcheinanders von späten Halbwahrheiten und Lügen ist der Häftling Wangenheim, der mit elfhundertfünfzehn anderen Häftlingen Ende Oktober 1937 das Schiff nach Kem bestieg, um an einen unbekannten Ort gebracht zu werden, jetzt, zwanzig Jahre danach, nicht nur für unschuldig erklärt worden, sondern gleich zweimal zu zwei verschiedenen Zeiten, an zwei gleichermaßen unbekannten Orten verstorben.

2

Am 30. Juli 1937 hatte der »blutrünstige Zwerg«, Nikolai Jeschow, Volkskommissar für innere Angelegenheiten, die Aus-
führungsbestimmung Nr. 00447 des NKWD unterzeichnet
und damit jenen Höhepunkt politischer Gewalt ausgelöst, der
sechzehn Monate dauern und in die Geschichte eingehen sollte unter dem Begriff »Der Große Terror« – sozusagen im
Gegensatz zum normalen Terror, der bis dahin Alltag des Sys-
tems war. Während dieser sechzehn entsetzlichen Monate
der *Jeschowschtschina* werden ungefähr siebenhundertfünfzigtausend Menschen erschossen (während der letzten fünf Monate des Jahres 1937 sind es im Durchschnitt eintausendsechs-
hundert Hinrichtungen täglich) und ungefähr ebenso viele in
die Lager deportiert. Siebenhundertfünfzigtausend Erschos-
sene, das ist die Hälfte der gefallenen französischen Soldaten
während des Ersten Weltkriegs in weniger als der Hälfte der
Zeit. Siebenhundertfünfzigtausend ist keine beliebige Größen-
angabe, es ist die Summe der Exekutionen, die von der 8. Abteilung (»Buchführung/Statistik«) des NKWD selbst zusam-
mengestellt und von den Forschern von »Memorial« leicht
nach oben korrigiert wurde, die auch die nicht vom Plansoll
erfassten Hinrichtungen mitzählten. Diese horrende Zahl
beinhaltet nicht die vielen während dieser Zeit in den Lagern
an Hunger, Kälte, Erschöpfung, also eines »natürlichen« Todes Gestorbenen.

Die Ausführungen des Einsatzbefehls Nr. 00447 zielten ab auf »Ex-Kulaken, gemeingefährliche Elemente, Mitglieder antisowjetischer Parteien, ehemalige Weißgardisten, Sektenmitglieder und Mitglieder der Priesterschaft, kriminelle und andere antisowjetische Elemente«, also auf eine Vielzahl sehr unterschiedlicher Personengruppen (Priester, Menschewiken, Sozialrevolutionäre, Viehdiebe und jene Personengruppen, die von der Tscheka unter der Kategorie *Bywtschi*, »Gewesene Leute«, zusammengefasst wurden, die sowohl Dichter als auch Landbesitzer meinte und alle umfasste, die früher einmal etwas gewesen waren). Wer die Einordnungen vornahm, darüber schwiegen sich die Kommissare der Staatssicherheit aus. Für jede Region oder Republik waren Quoten für die Anzahl der Verurteilungen festgelegt worden, damit das ganze Geschmeiß »auf schonungslose Weise vernichtet«, und »der Zersetzungsarbeit an den Grundfesten des sowjetischen Staates« ein für alle Mal ein Ende bereitet wurde. Die Verurteilten waren in eine »erste Kategorie« (Todesurteil) und eine »zweite Kategorie« (Überstellung in ein Lager, meist für zehn Jahre) aufgeteilt. So verlangte der Einsatzbefehl Nr. 00447 für Moskau und seine Region fünftausend Verurteilungen der »ersten Kategorie« und dreißigtausend der »zweiten« (diese Zahlen hatte Chruschtschow vorgeschlagen), für die Region Leningrad entsprechend viertausend und zehntausend. Der Ausführungsbefehl Nr. 00447 ist sehr umfassend, er lässt keine Region oder Unterregion aus, bedenkt manche großzügig mit Leichen, andere etwas weniger (fünftausend Todesurteile für die Region Asowsches / Schwarzes Meer, lediglich hundert bei den Kalmücken oder den Komi, da musste natürlich Neid aufkommen), er vergisst kein Detail (zum Beispiel führt er unter Punkt VI.2 aus: »Die Urteile nach Kategorie I wer-

den an Orten und zu Zeitpunkten vollstreckt, die der Volkskommissar des NKWD der jeweiligen Region oder Unionsre-
publik festlegt. Die Hinrichtung findet unter größter Geheimhaltung des Ortes und des Datums statt.«). Die geforderte
Gesamtzahl betrug etwas mehr als fünfundsiebzigtausend
Hinrichtungen.

Das Plansoll wurde dieses eine Mal mehr als erfüllt, und die
Zahl der »Verurteilten der ersten Kategorie« gemäß Ausführungsbefehl Nr. 00447 verfünffacht. Dann, damit man besser
»herausreißen«, »ausrotten«, »säubern«, »vernichten« konnte,
verlangte jeder verantwortliche regionale NKWD-Kommis-
sar, dass die Quote der Toten, die man ihm zugesprochen hatte, erhöht wurde, und Stalin verpasste es nie, diesen finsteren
Wettstreit zwischen seinen Bluthunden anzufachen, indem er
mit Rotstift ein breites »genehmigt« unter die Gesuche zeich-
nete, die ihm vorgelegt wurden – und die von ihm, im Gegensatz zu anderen, emsig gelesen wurden. Und die Massengräber taten sich nicht nur vor den Verurteilten nach Befehl
Nr. 00447 auf, als große Lieferanten des Todes erwiesen sich
darüber hinaus die »nationalen Operationen«, die auf die
deutschen, polnischen, lettischen, estnischen, griechischen,
rumänischen, koreanischen Staatsangehörigen abzielten, auf
jene Sowjetbürger, die als japanische Spione verdächtigt wurden, nur weil sie auf der Eisenbahnstrecke nach Harbin in der
Mandschurei gearbeitet hatten, und schließlich auf alle Immigranten, sogar auf die politischen Flüchtlinge, die selbst
Mitglieder ausländischer kommunistischer Parteien waren.
Der Ausführungsbefehl Nr. 00693, Punkt 1, lautet: »Ich ord-
ne die sofortige Festnahme sowie das vollständige und gründ-
liche Verhör aller Immigranten an, ungeachtet ihrer Motive

und der Umstände ihres Aufenthalts in der UdSSR.« In jeder Region waren die »Troikas« aus NKWD-Staatsanwaltschaft-Parteikommissar als ad hoc eingesetzte Kommissionen bürokratischer Mörder beauftragt, am laufenden Band Urteile zu fällen, häufig mehrere Hundert an einem Tag, die sofort ausgeführt werden sollten.

Unter die Mühlsteine dieser paranoiden Maschinerie zur Menschenvernichtung gerät, ohne es zu wissen, der Sek Wangenheim, der seine Strafe von zehn Jahren Lagerhaft abbüßt und immer seltener davon träumt, dass ihm Gerechtigkeit widerfährt, der sich vorstellt, dass er auf jeden Fall 1944 wieder freikommen wird. Das genau sind, wie man heute rekonstruieren kann, die verschiedenen Etappen seines Verfahrens, der nach zahlreichen Anweisungen, Auftragszetteln, Gerichtsprozessen, diversem Papierkram, Unterschriften und Stempeln mit einem Genickschuss endet. Der Einsatzbefehl Nr. 00447 weist den Lagern des NKWD eine Quote von zehntausend Todesurteilen zu. Dazu erklärt Jeschow am 16. August 1937 gegenüber Zakowski, dem Leiter des NKWD der Region Leningrad, dass »die Quote, die Ihnen für das Lager auf den Solowezki-Inseln zugeteilt wurde, eintausendzweihundert beträgt« (diese Quote wird in Wirklichkeit auf mehr als tausendachthundert erhöht). Iwan Apeter, der das Kommando in den Solowezki-Lagern innehat, erstellt danach eine Liste und legt für jeden Namen, der darauf verzeichnet ist, eine »Akte« bei, die gemäß den Anweisungen aus einem kurzen Resümee besteht – Familienstand, zu verbüßende Strafe. Er schickt sie an die Troika in Leningrad, die in nahezu allen Fällen die Todesstrafe verhängt. Der ganze Prozess wird »ohne zusätzliches Verhör oder neuerliche Anklage« geführt, wie die Stellvertreterin der Generalstaatsanwaltschaft 1956 im Laufe des Berufungsverfahrens zum Zweck der Rehabilitierung betont. Und, wohlgemerkt, ohne dass der Angeklagte darüber informiert oder sein Fall oder das ergangene Urteil erneut überprüft wurde. Michael Frinowski, der Stellvertreter Jeschows (der später mit ihm zusammen erschossen wird), bestand auf diesem Punkt in einem Memorandum, das allen regionalen Leitern des NKWD zuging: »Die Personen der ersten Kategorie sind nicht über das ausgesprochene Urteil zu informieren. Ich wiederhole: sie sind nicht zu informieren.« So erging am 9. Oktober 1937 durch die Troika des NKWD der Region Leningrad, bestehend aus dem Vorsitzenden Leonid Zakowski, seinem Stellvertreter Wladimir Garin und dem Staatsanwalt Boris Pozern, »NACH AKTENEINSICHT in Fall Nr. 20, Wangenheim, Alexei Feodossjewitsch, Russe, Sowjetbürger, geboren 1881 in Krapiwno, einem Dorf in der Region Tschernigow, Sowjetrepublik Ukraine, Sohn eines Adeligen und Landbesitzers, Hochschulstudium, Professor, letzter Arbeitsplatz: Hydro-Meteorologischer Dienst der UdSSR, ehemaliges Mitglied der bolschewistischen kommunistischen Partei, ehemaliger Offizier der zaristischen Armee, verurteilt zu zehn Jahren Besserungsarbeitslager durch Beschluss des Kollegiums der OGPU vom 26. März 1934, folgende ANORDNUNG: Zu erschießen (*rasstreliat*).«

In den Solowezki-Lagern muss Major Apeter die Verurteilten nur noch zusammentreiben, um sie den Henkern zu übergeben. Die Handhabung solch großer Massen von Totgeweihten stellt die Leute vom NKWD im Vorfeld vor logistische Probleme, man muss sich an ihre Stelle versetzen; auch die tausendachthundertfünfundzwanzig Gefangenen, die nach dem Urteil der Troika »zu erschießen« sind, werden in drei Gruppen aufgeteilt: eine Gruppe von zweihundert Gefangenen wird vor Ort auf den Solowezki-Inseln erschossen, eine andere, fünfhundertneun Mann starke Gruppe wird zur Hinrichtung in die Gegend von Leningrad transportiert, eine dritte Gruppe, zu der Wangenheim gehört, umfasst tausendeinhundertsechzehn Mann. Diesen Häftlingszug hat Tschirkow an jenem grauen Oktobermorgen 1937 abreisen sehen. Der Stabsmajor der Staatssicherheit Michael Matwejew erhält den Auftrag, die Verurteilten in Kem in Empfang zu nehmen. Er wird angewiesen, »die Hinrichtung gemäß den Anweisungen durchzuführen, die Ihnen persönlich übergeben wurden«. »Wir erwarten Ihren Bericht, sobald Sie zurück sind«, heißt es weiter in dem Befehl, der vom Chef der Leningrader NKWD-Verwaltung, Zakowski, und von Leutnant Jegorow, Kommandant des dritten Sektors der Direktion der Staatssicherheit, unterzeichnet ist. Wie lauteten diese Anweisungen? Welche makabre Endstation war dem Konvoi zugedacht? »Die Hinrichtung findet unter größter Geheimhaltung des Ortes und des Datums statt«, schreibt Befehl Nr. 00447 den Henkern vor. Im Fall des Konvois von den Solowezki-Inseln blieb das Geheimnis sechzig Jahre lang unangetastet, bis 1997. Warwara Iwanowna starb 1977, ohne zu wissen, wo oder wann und unter welchen Umständen ihr Mann ermordet worden war. Vielleicht war es besser so. Der Hartnäckigkeit einiger Freischärler von »Memorial« ist es zu verdanken, dass wir heute wissen, welches Ende der Meteorologe und seine Leidensgenossen gefunden haben.

3

Das Ende der Geschichte erfahre ich von zwei Mitgliedern von »Memorial«; beide gehören zu den dreien, die den Ort und die Umstände der Exekutionen schließlich, nach langen Nachforschungen, entdeckt haben: Irina Fliege und Juri Dmitriew – der Dritte, Benjamin Ioffe, ist inzwischen verstorben. Doch bevor ich ihren Bericht wiedergebe, ist es mir ein Anliegen, auf eine Sache hinzuweisen: Die Henker waren nicht nur darauf aus, das Geheimnis zu wahren, sondern auch, alles zu dokumentieren, und ebenso sorgfältig, wie sie Befehle ausführten, archivierten sie alles; um zu verstehen, wie sie vorgingen (das bedeutet hier, wie sie töteten und massenhaft mordeten), muss man, glaube ich, ebenso genau vorgehen und bis zu einem gewissen Grad aktenwütig sein. Man muss die Daten nennen, die Dienstgrade, die Unterschriften unter den Akten, wenn man sie kennt. Um den Preis einer gewissen Plumpheit vielleicht. Man muss ihr Vokabular verwenden, mitteilen, welche Kategorien, welche Worte sie zur Bezeichnung des Massenmords gebrauchten. Es ist nicht belanglos zu wissen, dass der Tod in Quoten gemessen wurde, und dass die Phrase »Verurteilung der ersten Kategorie« für das Todesurteil stand. Man darf dies nicht außer Acht lassen, weil über das Unterfangen eines Massenmords, das gleichzeitig eine pedantische Bürokratie war, nur angemessen berichtet werden kann, wenn man die Details sorgsam beachtet, und weil auf der anderen Seite streitbare Wissenschaftler und Aktivisten, kämpferische Forscher wie Irina und Juri alle diese Namen, Dienstgrade, Daten, Papiere, alle diese »Details« aus dem Dunkel, in dem die Mörder sie gerne für immer verborgen hätten, ans Tageslicht beförderten. Es sind Eroberungen eines Krieges.

Irina Fliege ist die Leiterin von »Memorial« in Sankt Petersburg. Diese magere, lebhafte, leidenschaftliche Frau legt das Telefon nur aus der Hand, um sich eine Kippe anzuzünden (aber sie schafft es auch sehr gut, gleichzeitig zu rauchen und zu telefonieren). Sie verströmt jenen kühlen Enthusiasmus, der manchmal die Schönheit der heute so gering geschätzten Aktivisten ausmacht. Ihr Reich, die Räume von »Memorial«, eine labyrinthische Wohnung in einem Hinterhof in der Rubinstein-Straße, in der die Wände mit Plakaten tapeziert sind, voller Akten, auf denen vergessene Kaffee- oder Teetassen stehen, alten Schreibmaschinen, auf denen *Samizdats* getippt wurden, erinnert mich an die Räume politischer Versammlungen, in denen ich früher verkehrte und wo man sich Dingen widmete, die man sich heute nicht so gerne eingesteht. »Durch einen Freund von Antonina Sotschina«, erzählt sie (Antonina ist die alte Dame mit den Marmeladen, die ich ganz zu Anfang dieses Berichts erwähnte, bei der ich die Zeichnungen und Herbarbögen entdeckte, die Alexei Feodossjewitsch seiner Tochter geschickt hatte), »durch einen Freund von Antonina, der Zugang zu den Archiven des KGB von Archangelsk hatte, wussten wir, dass die Troika von Leningrad im Oktober 1937 tausendachthundertfünfundzwanzig Todesurteile ausgesprochen hatte, doch das war alles, was danach passierte, entzog sich unserer Kenntnis, es war, als hätten sich die

Verurteilten in Luft aufgelöst. Anfang der Neunzigerjahre gab es etwa hundert Personen, Nachkommen dieser Verschwundenen von 1937, die versuchten, das Rätsel zu lösen. Die besonders aktiven bestürmten den FSB (Nachfolger des KGB, der aus dem NKWD hervorgegangen war), die weniger aktiven uns. Jedes Jahr im Juni versammelten wir uns am Gedenktag auf den Solowezki-Inseln. Wir nahmen zusammen den Zug, dasselbe Schiff, wir teilten die Unterkünfte. Es gab eine kollektive Energie. Man spürte, dass es zu etwas führen würde – und es hat zu etwas geführt.«

»Anfangs schien die Hypothese am logischsten, dass die Hinrichtungen auf den Solowezki-Inseln selbst stattgefunden hätten. Doch im Juni 1990 brachte uns die Witwe von Tschirkow das noch nicht veröffentlichte Manuskript ihres Mannes (Juri Tschirkow, der erst mit Stalins Tod freikam, war 1988 gestorben und hatte zuvor den Bericht seiner Erinnerungen fertiggestellt; interessanterweise war er Meteorologe geworden wie Wangenheim, er hatte einen Lehrstuhl für Meteorologie und Klimatologie an der Timirjasew-Akademie für Landwirtschaft in Moskau inne), und darin haben wir die Abfahrt des Konvois nach Kem im Oktober 1937 erwähnt gefunden. Das passte auch zu den Spuren auf den Inseln, die auf einen großen Aufbruch am 17. Oktober hindeuteten, zum Beispiel diese auf einem hölzernen Fensterbrett eingravierte Inschrift: ›180 aus Leningrad, angeklagt wegen konterrevolutionärer trotzkistischer Aktivitäten, wurden hier vom 12.11.36 bis zum 17.10.37 gefangen gehalten‹, oder jene auf einer Wand auf der Insel Anzer: ›am 17.10.37 sind von hier 205 KRTD (konterrevolutionäre Trotzkisten) mit unbekanntem Ziel aufgebrochen‹. Und es passte auch zu dem, was die Intuition

Benjamin Ioffe eingab, der selbst ein ehemaliger Sek war. Er glaubte, dass die Massenhinrichtungen nicht auf den Inseln stattgefunden haben konnten, weil man sie auf so engem Raum nie hätte geheim halten können.«

»Die Nachforschungen richten sich dann auf andere mögliche Orte, Kem, Archangelsk, aber vergeblich. Doch Stück für Stück kommen wir der Wahrheit näher. Alle beteiligen sich, jede falsche Spur wird schnell erkannt und aufgegeben. Sergej Kriwenko, ein Moskauer Mitglied von »Memorial«, gelingt es, beim FSB in Sankt Petersburg die »Begleitpapiere« zu beschaffen, mit denen Major Apeter die Verurteilten an Stabsmajor Matwejew übergab. Es gibt keine anderen Informationen über diesen Matwejew in Sankt Petersburg, außer dass eine Belohnung erwähnt wird, eine goldene Uhr, die er dafür erhielt, dass er eine Massenexekution schnell und erfolgreich durchgeführt hat: wahrscheinlich die unseres Konvois. Doch etwa zur selben Zeit (1996) veröffentlichte ein Ex-General des KGB, Lukin, zur Selbstrechtfertigung ein Buch, in dem er Matwejew erwähnt und dabei enthüllt, dass die Stadt Medweschjegorsk in Karelien Ausgangspunkt für diese zügig abgewickelte Operation war.«

Medweschjegorsk – »der Berg der Bären« – war die, wenn man sie so nennen kann, »Hauptstadt« eines Lagerkomplexes, der für den Bau des Weißmeerkanals bestimmt war. Der Anzahl der *Bitschs* nach zu urteilen, der »Ex-Intellektuellen«, die in diese Lager deportiert worden waren, lag hier laut einem Überlebenden »in den Dreißigerjahren die Hauptstadt der russischen Intelligenzia«. Heute ist Medweschjegorsk eine kleine Siedlung, in der man sich nicht gerne länger aufhält.

Am östlichen Stadtrand geht man an hohen hölzernen Palisaden, an den Wachtürmen und dem Stacheldraht der »Zone« entlang, alles Relikte des Gulag. Im Zentrum, auf der Dserschinski-Straße, erhebt sich ein Gebäude mit zerfressener Fassade und zerschlagenen Fensterscheiben, das als Grand Hotel erbaut worden war, um Stalin zu beherbergen, der 1933 hierherkam, um den Kanal einzuweihen, der seinen Namen trägt. Im Gebäude befinden sich jetzt eine Markthalle und ein kleines Museum. Davor die Statue von Kirow und ein T-34-Panzer zum Gedenken an die Befreiung von der deutsch-finnischen Besatzung. Ein paar verrostete Kräne, Steinkohlehaufen und Stapel von nicht entrindeten Baumstämmen: das ist der Hafen am Onegasee. All das ergibt (zusammen mit den Ladas und den verdreckten Schigulis, die über die ausgefahrenen Straßen holpern, den hohen, schlanken Schornsteinen der Heizanlagen, den oberirdischen Rohren der Kanalisation) ein schrecklich sowjetisches Landschaftsbild. Hübsch ist in Medweschjegorsk der Bahnhof aus Holz, eine Art Eisenbahn-Datscha, gebaut 1916 an der Linie nach Murmansk, die wunderbarerweise drei Kriege überlebt hat, die beiden Weltkriege sowie den Bürgerkrieg. Und an der zahllose Konvois mit Sklaven vorüberfuhren. Viele Gespenster irren über diese Bahnsteige. Man musste sich bei den Nachforschungen also auf Medweschjegorsk konzentrieren, erklärt Irina.

Ausgerechnet in Medweschjegorsk war einige Jahre zuvor ein ehemaliger Oberst der Miliz, Iwan Tschuchin, der Abgeordneter der Duma und Mitstreiter von »Memorial« geworden war, bei seinen Nachforschungen über die Baugeschichte des Kanals auf eine Prozessakte aus dem Jahr 1939 gestoßen, die sich gegen zwei Kommandanten des ansässigen Lagers, Alexander Tschondych und Iwan Bondarenko, sowie gegen Matwejew richtete. (Wie weit sie zurückliegen, diese Neunzigerjahre, als die Archive des KGB/FSB zugänglich waren und ein Mitglied von »Memorial« Abgeordneter der Duma werden konnte ...) 1996 war Tschuchin bei einem Autounfall ums Leben gekommen, doch Irina Fliege und Benjamin Ioffe, die aus Sankt Petersburg gekommen waren, entdeckten seine Arbeiten und lernten zugleich seinen Stellvertreter Juri Dmitriew kennen. Tschondych, Bondarenko und Matwejew waren des »Machtmissbrauchs« bei einer Massenexekution angeklagt, genau jener des Konvois von den Solowezki-Inseln. 1939 beginnt die Epoche, in der Stalin angeblich der Exzesse des »Großen Terrors« gewahr wird und plötzlich die »sozialistische Rechtsprechung« wieder einsetzt; zur Sühne rollen ein paar Köpfe, als Erstes der von Jeschow. Die drei Dreckskerle, denen man Machtmissbrauch vorwirft, klagt man nicht dafür an, dass sie kaltblütig mehr als tausend Menschen erschossen haben, dafür sind sie im Gegenteil sogar belohnt worden, man klagt sie an, weil sie nicht die Form gewahrt haben, weil sie ein wenig brutal zu den Leuten waren, die sie zur Schlachtbank führten. Tschondych und Bondarenko versuchen, die Schuld auf Matwejew abzuwälzen. Vergeblich, sie werden schuldig gesprochen und hingerichtet, während Matwejew mit zehn Jahren davonkommt, von denen er nicht einmal drei absitzt.

Es ist Zeit, Michael Matwejew vorzustellen, den Henker des NKWD, eines jener korrupten Individuen, wie sie bei der politischen Polizei aller Diktaturen zu Wohlstand gelangen, ein niederträchtiger Kerl, den man ebenso bei der Gestapo, den Foltergangs der chilenischen oder argentinischen Militärjuntas oder, näher bei uns, unter den Schergen in Tripolis oder Damaskus wiederfindet. Durch seine Hand, weil er es sich als Ehre anrechnet, dass er sich persönlich um das Töten kümmert und nichts delegiert, weil er nie genug hat vom Blut, ist Alexei Feodossjewitsch Wangenheim gestorben. Es ist zweifellos etwas vereinfachend, jemandem eine fiese Fresse anzuhängen, von dem man weiß, dass er ein Henker war, aber offen gesagt, gibt es auf den erkennungsdienstlichen Fotos, die 1939 von ihm gemacht wurden, etwas unabdingbar Niederes – hängende Wangen und Mund, dicker Hals, spitze Nase. Er wurde 1892 geboren, besuchte lediglich zwei Jahre die Grundschule, wurde Schlossergehilfe in der Firma »Vulkan«, doch das ist nicht seine wahre Berufung, es sind nicht die Schließmechanismen von Schlössern, auf die seine Finger warten. Während des Bürgerkriegs sieht man ihn bei der Einnahme des Winterpalasts (was keineswegs die heroische Tat war, die Eisenstein daraus machte), doch zur Sicherheitspolizei kommt er 1919 als jemand, der Hinrichtungen durchführt, eine Stelle mit Zukunft. Als Lohn für seine Arbeit, die er mit Eifer erledigt (ein »Saboteur« ist er nicht), erhält er Auszeichnungen, die Revolvernamen haben, Browning, Walther. Dazu goldene Uhren, Radiola-Rundfunkempfänger. Alles, wonach einem Henker der Speichel im Mund zusammenläuft. In Kem übernimmt er also den Konvoi der eintausendeinhundertsechzehn Verurteilten von den Solowezki-Inseln – am Ende der Reise sollten es nur noch eintausendeinhundertelf sein, da einer unterwegs stirbt und vier weitere zu Untersuchungszwecken abberufen werden. Er lässt sie in Viehwaggons Richtung Medweschjegorsk verfrachten, in mehreren Kontingenten, da der »Isolator« vor Ort nicht mehr als dreihundert Personen aufnehmen kann.

Matwejews Antworten bei seiner Befragung 1939 lassen einem das Mark gefrieren. Beim ersten »Schub« von Hinrichtungen am 27. Oktober hatte ein Häftling, dem es gelungen war, ein Messer zu verstecken, einen Fluchtversuch unternommen. Daher denkt er sich einen Ablaufplan aus, der weitere böse Überraschungen vermeiden soll. In Medweschjegorsk wird der Verurteilte zuerst durch eine Baracke geschleust, in der man seine Identität überprüft und er sich unter dem Vorwand einer medizinischen Untersuchung entkleiden muss, in einer zweiten Baracke fesselt man ihm die Hände und legt seine Beine in Ketten, es folgt eine dritte Baracke, wo er, wenn er sich widerspenstig zeigt, mit einer Art Totschläger betäubt wird, der extra für diese Gelegenheit hergestellt wurde, anschließend wird er auf die Ladepritsche eines Lastwagens geworfen. Zwanzig bis fünfundzwanzig Verurteilte pro Fuhre, zugedeckt mit einer Plane, auf die sich die Wachen setzen. Matwejew ist unzufrieden mit den Arbeitsbedingungen, er verfügt lediglich über drei oder vier Wachen pro Lastwagen, während die Norm acht plus Hund ist. Er hat zusätzliche Lastwagen angefordert, statt Lastwagen hat man ihm Reifen geliefert. Die Hinrichtungsstätte befindet sich an einem nicht näher spezifizierten Ort »im Wald«, es gibt fast nichts als Wald um Medweschjegorsk. Man hebt riesige Gruben aus, wirft die Verurteilten hinein, dreht sie mit dem Gesicht zu Boden und jagt ihnen eine Kugel in den Nacken. Nicht »man«, sondern er, Matwejew, höchstpersönlich. Als man ihn fragt, ob er gesehen habe, dass einige Männer auf die Verurteilten einprügelten, antwortet er, dass dies in der Tat vorkam, dass er es aber nicht habe sehen können, weil er mit seinem Nagant-Revolver unten in der Grube war. Ab und zu, wenn er müde ist, wenn er zur Entspannung eine Zigarette rauchen will, steigt er heraus und überlässt die Arbeit seinem Stellvertreter, Leutnant Alafer, doch im Großen und Ganzen ist er am Ende der Kette, steht er mit den Stiefeln im blutigen, mit Hirnmasse vermischten Schlamm. Jeden Tag, oder vielmehr jede Nacht, denn solche Dinge erledigt man nachts, vom 27. Oktober 1937 bis zum 1. oder 4. November (die Unterbrechung sei dazu genutzt worden, ein Verfahren zur Verhinderung von Fluchtversuchen zu entwickeln) befördert er zwischen zweihundert und zweihundertfünfzig Konterrevolutionäre ins Jenseits. Und obendrein muss er in den Akten bei jedem einzelnen Urteil bestätigen, dass es vollstreckt wurde. Kurz, er arbeitet wie verrückt, seine goldene Uhr hat er sich redlich verdient.

4

Im Frühjahr 1997, fasst Irina Fliege zusammen, weiß man, dass eintausendeinhundertelf Hinrichtungen stattgefunden haben, dass sie in der Gegend von Medweschjegorsk im Wald durchgeführt wurden, und man weiß sogar, dass die Entfernung zwischen dem »Isolator« und den Massengräbern rund neunzehn Kilometer betrug, denn in der Prozessakte von 1939 erwähnt Matwejew diese Entfernung, als er sich, um die mit seiner »Arbeit« verbundenen Schwierigkeiten hervorzuheben, über den schlechten Straßenzustand beschwert. Es sind keine sechsunddreißig Straßen, die aus Medweschjegorsk herausführen, allerdings weiß man auch, dass die, die uns interessiert, im Osten in Richtung Powenez und zu den Schleusen sieben und acht des Kanals führt, denn einmal hatte ein Lastwagen eben wegen des schlechten Straßenzustands und seines fortgeschrittenen Alters eine Panne, und Matwejew berichtet, er habe befürchtet, dass Bewohner des Dorfs Pinduschi etwas hören könnten, Schreie von Gefangenen oder die Flüche der NKWD-Eskorte. Pinduschi liegt an der Strecke nach Powenez. Die Hinrichtungen fanden also irgendwo zwischen Pinduschi und Powenez statt.

Jetzt wird Juri Dmitriew unser Führer sein, eine jener Persönlichkeiten, wie sie offenbar nur Russland hervorbringen kann. Das erste Mal treffe ich ihn in einer Baracke, die in einem zerfallenen, von hohen Mauern umgebenen Industriegebiet von Petrosawodsk, der Hauptstadt Kareliens, liegt. Verrostete Kräne, Berge abgefahrener Reifen, gewundene Rohre, Haufen alter Asbestummantelungen, Autowracks unter Wolken, die so tief hängen, dass sie von den Schornsteinen aus Backstein aufgeschlitzt werden: Juri wacht über diesen Ort, wo sich eine Verwahrlosung konzentriert und offenbar wird, die für viele russische Stadt- oder Vorstadtlandschaften charakteristisch ist. Ausgemergelt, grauer Bart und zusammengebundenes Haar, in einer alten, derben Uniformjacke, schippert er als eine Mischung aus Jurodiwy und altem Pomoren-Pirat zwischen den Wracks umher. »1989 stieß ein Bagger zufällig auf einen Haufen menschlicher Knochen«, erzählt er. »Die lokalen Funktionäre, die Militärkommandanten, die Staatsanwaltschaft, alle kamen, um sich das anzuschauen, keiner wusste, was man tun sollte, niemand wollte die Verantwortung übernehmen. Wenn Sie keine Zeit haben, dann kümmere ich mich darum, habe ich gesagt. Zwei Jahre hat es gedauert, um zu beweisen, dass es sich um Opfer der ›Repression‹ (*repressia*, so werden auf Russisch die Opfer dieser Massaker bezeichnet) handelte. Man hatte sie im ehemaligen Friedhof von Petrosawodsk begraben. Nach der Beerdigung gestand mir mein Vater, dass sein Vater '38 festgenommen und hingerichtet worden war. Bis dahin hatte man mir immer gesagt, mein Großvater sei tot und Schluss. So entstand in mir das Bedürfnis zu erfahren, welches Schicksal diese Leute erlitten hatten, und ich begann zusammen mit Iwan Tschuchin an *Kareliens Buch der Erinnerung* zu arbeiten, das Hinweise zu fünfzehntausend Opfern des Terrors enthält. Mehrere Jahre lang habe ich in den Archiven des FSB recherchiert. Ich hatte nicht das Recht, Fotokopien anzufertigen, also nahm ich ein

Diktafon mit, diktierte die Namen und schrieb sie zu Hause nieder. Vier oder fünf Jahre hatte ich nur ein Wort im Kopf, wenn ich mich schlafen legte: ›*rasstrelian*, erschossen‹. Eines Tages im März 1997 wurde ein zweiter Tisch in den Räumen des Archivs aufgestellt für ein Paar, das die Akte Matwejew suchte und Nachforschungen über den Verbleib des Konvois von den Solowezki-Inseln anstellte. Das waren Irina und Benjamin Ioffe. Wir beschlossen, uns zusammenzutun, und im folgenden Sommer, im Juni 1997, gingen wir ins Gelände, mit meiner Tochter und ihrer Hündin Hexe.«

In Medweschjegorsk stellen ihnen die Behörden vor Ort eine Gruppe Soldaten für die Grabungen zur Verfügung. Zusammen mit den Soldaten fahren Irina, Benjamin, Juri, seine Tochter und die Hündin neunzehn Kilometer weit Richtung Powenez. Hinter Pinduschi gibt es eine alte Sandgrube. Greise aus der Region meinen sich zu erinnern, dass hier früher Hinrichtungen stattgefunden hatten. Am ersten Tag graben sie vergeblich, finden nur einen Kuhknochen. Am nächsten Tag bricht Juri zusammen mit einem Leutnant und der Hündin auf, um die Gegend zu erkunden. »Bei der Arbeit im Archiv hatte ich in den Akten Anweisungen des NKWD gefunden: Man forderte, der Platz solle weit genug von der Straße entfernt sein, damit zufällig Vorbeifahrende weder das Geschützfeuer der Eskorte noch die Scheinwerfer der Lastwagen sahen und die Gefangenen nicht entkommen konnten. Während ich dies dem Leutnant erklärte, schaute ich mich um und dachte: Wenn die Partei mir diesen Befehl erteilt hätte, wo hätte ich es getan?« (Man muss hoffen, und ich bin übrigens davon überzeugt, dass er es nicht gemacht hätte.) »Hier sind wir zu nahe an der Straße. Weiter weg davon hätte man das Feuer nicht gesehen, doch man hätte die Schüsse gehört. Noch weiter weg würde es passen. Am Fuß des dritten kleinen Hügels. Und während ich das dachte, sehe ich um uns herum viele rechteckige Absenkungen im Boden.« Dazu muss man wissen (wie ich von Juri und Irina gelernt habe), dass die verrotteten Leichen den Boden zehn bis dreißig Zentimeter tief einsinken lassen, und dass dies einer der Hinweise ist, anhand derer man ein altes Massengrab erkennen kann, ebenso wie anhand einer Veränderung der Vegetation, am Gras zum Beispiel oder an den Sträuchern, die anstelle von Moos wachsen. »Wir gehen zurück, ich schnappe mir zwei Soldaten mit Schaufeln, und eineinhalb Stunden später halte ich den ersten Schädel mit einem Loch in Händen.«

5

Der Ort wird Sandarmoch genannt – »Sandarmor« ausgesprochen –, ein Name, der sich aus russischen und karelischen Bestandteilen zusammensetzt und laut Juri so viel bedeutet wie »Zacharias Moor«. Er befindet sich am Ende einer unbefestigten Straße, achthundert Meter links von der Straße nach Powenez. Im Winter ist er schwer zugänglich, manchmal sinkt man bis zur Taille im Schnee ein. »Die hundertjährigen Onega-Wälder sind von majestätischer Schönheit«, schreibt Julius Margolin, ein polnischer Jude, der 1940 zusammen mit Zehntausenden anderen, die wie er auf der Flucht vor den heranrückenden Nazis »illegal die Grenze der UdSSR« überschritten hatten, hierher deportiert worden war. »Im Winter sind sie ein Königreich aus weißem Glanz, in allen Farben schimmernd, Niagarafälle aus Schnee und darüber so aquarellzart leuchtende Bernstein-, Rosa- und Azurtöne, als stünde über Karelien ein italienischer Himmel.« Auf einem Fels am Zugang zu der Stätte mahnt heute eine Inschrift: *Liudi, nje ubivaitje drug druga*, »Menschen, erschießt einander nicht«. Ich kenne keine Inschrift, die zutreffender ist als diese so entschieden schlichte Aufforderung, die ohne politischen, religiösen, historischen Hinweis, ohne Einladung zur Rache und nicht einmal zur juristischen Verfolgung einzig und allein an das moralische Gesetz appelliert. Es gibt mehr als dreihundertsechzig Massengräber verschiedener Größe in diesem Wald. Mehr als siebentausend Menschen wurden hier zwischen 1934 und 1941 hingerichtet, darunter innerhalb von fünf Tagen, am 27. Oktober, am 1., 2., 3. und 4. November 1937, die elfhundertelf aus dem Konvoi von den Solowezki-Inseln. Es gibt unauffällige Denkmäler für die getöteten Polen, Juden, Muslime, Litauer, Ukrainer, vor allem aber gibt es unter den grauen und roten Stämmen der Tannen, die das Licht streuen, jenen anderen, weniger hohen Wald aus *Golubjatnja*, »Taubenhäusern«: im Boden verankerte Holzpfosten, auf denen ein kleines Satteldach sitzt, um die Taube der Seele aufzunehmen. An jeden Pfosten ist ein Foto des Toten genagelt, der manchmal eine Tote ist wie die schöne Nina Sacharowna Delibache mit ihrem scheuen Blick, eine georgische Wirtschaftswissenschaftlerin, die hier am 1. November 1937 im Alter von vierunddreißig Jahren erschossen wurde. Aus dem Konvoi von den Solowezki-Inseln also. Keine Frage, es ist ungerecht, dass die Schönheit einer Erschossenen plötzlich die Rührung verstärkt, mit der man dem Blick der Ermordeten begegnet, dennoch muss man zugeben, dass es so ist.

Gesichter im Wald der Erschossenen. Alle erzählen vom Leben davor, das bestimmt nicht großartig war, aber lebenswert, das eine Hoffnung auf Liebe, eine Familie, berufliches Fortkommen, Gerechtigkeit barg, ein Leben, das die unbegreifliche Gewalttätigkeit des Staates noch nicht verwüstet hatte. Iwan Alexejewitsch Wassiljew, Pawel Nikolajewitsch Below mit Soldatenkäppi. Iwan Jefimowitsch Maximow, ein Pope in Priestergewand. Dmitri Trofimowitsch Kotschanow, ein junger Mann mit Krawatte, schüchternem Blick, Brillantine im Haar. Alexei Sergejewitsch Sergejew, der ein wenig wie Faulkner aussieht, dazu sympathisch, bäuerlicher, weniger arrogant, erschossen am 1. November 1937. Iwan Iwanowitsch Michailow mit ernstem Blick unter der Schirmmütze. Urho Kinnunen, ein Finne. Iwan Iwanowitsch Awtokratow, erschossen am 2. November 1937. Die drei Brüder Pankratjew, Pawel, Dmitri und Semion, '37 und '38 erschossen. Iwan Alexejewitsch Jefimow, Alexander Alexejewitsch Wlassow, Andrei Sidorowitsch Jefimow, Jefim Porfirowitsch Dikij, Anton Jossifowitsch Nijinskij, Piotr Wassiljewitsch Burakow mit pausbäckigem und fröhlichem Gesicht, der im Papierkombinat von Kondopoga arbeitete und aussah (wenn eine Momentaufnahme etwas aussagen kann), als schaute er in eine glückliche Zukunft. Matwej Gordjewitsch Lajkatschew, der einen dunklen Schnauzbart und einen braven, treuherzigen Blick hat und eine abgewetzte Tschapka trägt. Und dann Alexei Feodossjewitsch Wangenheim, Meteorologe. Kunstblumen werfen lebhafte Farbflecken zwischen alle diese Toten. Der Wind rauscht in den Tannenwipfeln, Vogelgesang, sonst Stille. An diesem heute so friedlichen Ort haben sich Szenen aus der Hölle abgespielt.

6

Im Isolator von Medweschjegorsk. Wie viele Häftlinge in der Zelle sind, ich weiß es nicht. Man ruft ihn auf. Die Wachen führen ihn in eine Baracke, wo man seine Personalien feststellt, Name Wangenheim, Vorname Alexei, Vatername Feodossjewitsch, geboren am 23. Oktober 1881 in Krapiwno, Regierungsbezirk Tschernigow, Sozialistische Sowjetrepublik Ukraine … Wie oft hat er seit diesem Tag vor fast vier Jahren, als ihn Gazow und Tschanin in der Lubjanka verhörten, auf diesen Fragebogen geantwortet … Man befiehlt ihm, sich auszuziehen, für eine medizinische Untersuchung. Man stößt ihn in eine andere Baracke, und dort packen Handlanger seine Arme, drehen sie auf den Rücken, binden seine Handgelenke zusammen, werfen ihn zu Boden, fesseln seine Beine. Sollte er noch nichts (was eher unwahrscheinlich ist) von dem Schicksal geahnt haben, das ihn erwartete, in diesem Moment weiß er, dass die Partei, in die er so viel Vertrauen hatte, an der zu zweifeln er sich verboten hatte, ihn wie ein Tier zur Schlachtbank führen wird – ihn und alle anderen. Es ist eher unwahrscheinlich, und zugleich ist es nicht unmöglich, dass er sich jemals eine solche Niedertracht hätte vorstellen können. Man zieht ihm seinen Ehering vom Finger. Er versucht vielleicht, sich zu wehren, dann prügeln die Schlächter mit dem Totschläger auf ihn ein, der *kolotuschka*, die Matwejew hat herstellen lassen, oder auch mit einer Art Eispickel, dem Arbeits-

gerät von Bondarenko. Man schleppt ihn in einen Raum, wo
bereits andere Gefesselte liegen, manche blutüberströmt. Bün-
del menschlichen Fleischs. »Der Mensch ist das wertvollste
Kapital«, schrieb Genosse Stalin. Wenn die Anzahl erreicht ist,
ungefähr fünfzig, wirft man sie auf die Ladefläche von zwei
Lastwagen. Die Wachen schieben sie mit Fußtritten überein-
ander, breiten eine Plane über ihnen aus, setzen sich darauf,
die Lastwagen starten. Nackte Leiber, einer neben dem anderen eingequetscht, gefesselt, getreten, blutig, zitternd vor
Kälte und Entsetzen: das ist die Brüderlichkeit, die die Revolution unbestreitbar hervorgebracht hat. Gehen ihm solche
Gedanken durch den Kopf? Denkt man etwas, wenn man gefesselt ins Schlachthaus gebracht wird? Es ist Anfang November, bestimmt ist schon der erste Schnee gefallen, der Onegasee friert bereits zu. Die Lastwagen kommen nur langsam
voran, holpern über die schlechte Straße, dann über die un-
geschotterte Piste, die Scheinwerfer hüpfen in der Nacht, sie
brauchen fast eine Stunde, bis sie ihr Ziel erreichen. Im Wald
ist ein großes Feuer entzündet, an dem sich die Männer des
NKWD aufwärmen, rauchen, Wodka trinken, herumalbern.
Sie sind nicht beeindruckt, sie sind es gewohnt, sie arbeiten
für die Lager des Kanals, und der Kanal ist ein großer Men-
schenfresser. Sie haben mehrere Gruben ausgehoben, nicht
sehr groß, drei oder vier auf zwei Meter. Sie sind an die zwanzig, etwas abseits stehen weitere Genossen. Einige sind be-
trunken. Etwas weiter entfernt gibt es noch mehr Gruben, sie
sind frisch zugeschüttet, die umgegrabene Erde dampft in der
kalten Luft. Die großen Schatten des Feuers tanzen unter den
Bäumen, Funken wirbeln zwischen den Stämmen. Die Wachen springen von den Lastwagen, befehlen abzuladen. Sie
müssen sich beeilen, sie haben keine Zeit zu verlieren, die

Lastwagen müssen für die nächste Ladung nach Medwesch-jegorsk zurück, sie werden erst in zwei Stunden zurückkehren. Man zerrt die Gemarterten heraus, rollt sie von den Ladepritschen wie Baumstämme, man schleppt sie über den Boden, sie sind nackt oder in Unterwäsche, die Schlächter tragen wattierte Jacken und Tschapkas, sie höhnen, wie gut gekleidete Männer nackte Menschen verhöhnen, wie Menschen, die töten werden, Menschen verhöhnen, die sterben werden, wie die römischen Soldaten Christus verhöhnten. Die Hunde bellen aufgeregt. Oberst Matwejew raucht seine Zigarette zu Ende, wirft die Kippe ins Feuer, trinkt einen Schluck Wodka, wischt sich über den Mund, springt in die Grube, lädt seinen Nagant.

7

Die einzige, bescheidene Genugtuung, die man aus der Beschäftigung mit dieser grausamen Zeit zieht, besteht in der Feststellung, dass diejenigen, die die Erschießungen durchführten, zuletzt fast immer selbst erschossen wurden. Nicht aufgrund einer staatlichen oder internationalen oder göttlichen Gerechtigkeit, nicht von Rechts wegen, sondern durch die Tyrannei, der sie bis zur Niedertracht gedient hatten. Aber eben erschossen, und das zu hören tut gut. Man sucht nach biografischen Angaben, wenn sie denn welche haben, und diese enden fast immer mit *rasstrelian*, erschossen am Soundsovielten. Diese Selbstzerstörung der Henker zeigt den Wahnsinn jener Epoche. In dieser Geschichte: Jagoda, der Chef des NKWD, erschossen, genauso wie sein Stellvertreter Prokofjew, der den Haftbefehl gegen Wangenheim unterzeichnet hatte, sein Nachfolger Jeschow, erschossen, Frinowski, Stellvertreter von Jeschow, erschossen wie auch Apressian und Tschanin, zwei der NKWD-Agenten, die Wangenheim in der Lubjanka verhörten, erschossen der Staatsanwalt Akulow, erschossen Stabsmajor Apeter, der Leiter des Solowezki-Lagers, erschossen Zakowski und Pozern, zwei aus der operativen Troika von Leningrad. Leider nicht erschossen: Wyschinski, der nach dem Krieg eine hübsche Karriere als Botschafter bei der UNO hinlegte und in seinem Bett sterben sollte ebenso wie Michael Matwejew, der blutrünstige Schlosser. Er endete als Alkoholiker in Leningrad, nachdem ihn der NKWD rausgeworfen hat, nicht etwa wegen der Verbrechen, die er begangen hatte, natürlich nicht, sondern weil er eine Estländerin heiratete, eine potenzielle Spionin also …

IV

Ich habe die Geschichte von Alexei Feodossjewitsch Wangenheim, dem Meteorologen, so sorgfältig erzählt, wie ich konnte, ohne zu fabulieren, und mich dabei an das gehalten, was ich wusste. Ein Mann, der sich für Wolken interessierte und Zeichnungen für seine Tochter anfertigte, der plötzlich in eine Geschichte geriet, die eine blutrünstige Orgie war. Was hat sein Leben diese Wendung nehmen lassen, diesen langen Weg voller Prüfungen durch Deportation und Trennung bis zu seinem grauenvollen Ende? Ab wann, durch welche falsche Anschuldigung, welchen unbemerkten Zwischenfall, welchen unvorsichtigen Scherz setzt sich das unerbittliche Räderwerk in Gang, das in der Verhaftung am 8. Januar 1934 gipfelt und mit der Hinrichtung am 3. November 1937 endet? Ich weiß es nicht genau, und offenbar weiß es niemand mehr. Es brauchte nicht viel zu jener Zeit, um einen Revolverlauf im Nacken zu spüren. Wahrscheinlich – das ist am plausibelsten – stand am Ursprung der tödlichen Verkettung ein Untergebener, jener Mann, der »die ausländische Klassenpropaganda«, »die menschewistische Strömung« der Zeitschrift anzeigte, deren Herausgeber Wangenheim war. Vielleicht nahm er das Risiko, seinen Vorgesetzen zu denunzieren, aus stahlbetonharter leninistisch-stalinistischer Überzeugung auf sich, am wahrscheinlichsten ist aber trotzdem, dass er es aus Neid und Ehrgeiz tat. Speranski stand bis 1932 an der Spitze des Hydro-Meteorologischen Dienstes der Republik Russland, die vom Vereinten Hydro-Meteorologischen Dienst der UdSSR unter Wangenheims Leitung aufgelöst und geschluckt wurde, möglicherweise war er deshalb gekränkt und träumte von Rache. Auf alle Fälle kam die Denunziation gerade zum richtigen Zeitpunkt: Man brauchte Sündenböcke für die Katastrophen der kollektivierten Landwirtschaft, und die Verantwortlichen für die Wetterprognosen waren wie geschaffen für diese Rolle. Und über diese »Gründe« hinaus darf man nicht vergessen, dass unter Stalin jeder Bürger der UdSSR ein potenzieller Schuldiger war, es ging nur darum herauszufinden, wessen er sich schuldig gemacht hatte, darin bestand die Aufgabe der »Staatsorgane«.

Ich habe die Schwächen Alexei Feodossjewitschs, soweit ich sie kenne, nicht verschwiegen. Ich habe nicht versucht, einen exemplarischen Helden aus ihm zu machen. Er war weder ein wissenschaftliches Genie noch ein großer Dichter, er war in gewisser Weise ein gewöhnlicher Mensch, aber er war schuldlos. Andere waren hellsichtiger bezüglich Stalins und des Stalinismus, begriffen schneller als er, welchen Blutzoll der »Aufbau des Sozialismus« kostete. »Ich habe mein Vertrauen in die Partei nicht verloren und werde es nie verlieren. Es gibt Augenblicke, in denen mir dieses Vertrauen schwindet, aber ich kämpfe und ich lasse mich nicht kleinkriegen«, schrieb er im Juni 1934, als er noch im Durchgangslager Kem war; es ist nicht sicher, ob er nicht erst in den allerletzten Tagen, vielleicht sogar erst in den letzten Stunden, als die Handlanger des NKWD bereits die Grube aushoben, die ihn verschlingen sollte, begriffen hat, in welchem Maße sein Vertrauen fehl am Platz war. Man wird nie erfahren, wann seine

Verblendung endete, das Einzige, dessen man sich sicher sein kann, ist, dass dieses Begreifen *in extremis* grausam war. Andere lehnten sich mehr auf: Ich habe jene unbeugsame Frau erwähnt, Ewgenia Jaroslawskaja-Markon, die versuchte, die Flucht ihres Mannes zu organisieren, die zuletzt erschossen wurde und dabei noch ihre Henker beschimpfte. Wangenheim gehörte nicht zu diesen rebellischen Temperamenten. Er war ein Mensch, der seine Familie liebte, und ganz besonders seine Tochter, seinen »kleinen Stern«, ein Mann, der seinen Beruf liebte, und bestimmt auch die Epoche, in der er lebte, die ihm eine Epoche der großen politischen und wissenschaftlichen Errungenschaften zu sein schien. »Möge unsere Tochter eine Arbeiterin voller selbstloser Hingabe werden, wie wir es waren«, schreibt er in einem seiner ersten Briefe von den Solowezki-Inseln: »Vermittle ihr meine Begeisterung. Sie wird noch spannendere Zeiten als die unsrigen erleben.« Er war ein Mensch, der vielleicht nicht genug Fragen stellte – doch natürlich ist es einfach, ein Dreivierteljahrhundert später solche Aussagen zu machen. Ein Mensch, der mit all seiner Aufrichtigkeit, seiner Treue, seinem konformistischen Zug und seiner Leichtgläubigkeit so gut war wie alle anderen und so viel wert wie jeder andere.

Ich könnte vorgeben, dass ich mir wegen dieses »durchschnittlichen« und daher repräsentativen Charakters vorgenommen habe, vom Leben und Sterben, von der Leidenschaft dieses Mannes zu erzählen: Das wäre jedoch eine Lüge, mit der ich die soziologischen Aspekte eines Vorhabens überstrapazieren würde, das viel mehr dem Zufall geschuldet war. Ich sagte bereits, es waren die Entdeckung von Wangenheims Zeichnungen im Jahr 2012 bei Antonina, die inzwischen verstorben ist, und die Schönheit des Ortes, an dem ich diese Entdeckung machte, diese heilige Festung mitten im Meer (heilig für mich vor allem wegen des menschlichen Leids, das sie in sich birgt), später noch die Begegnung mit Menschen, die seine Tochter gekannt hatten, die mich schließlich überzeugten, Nachforschungen anzustellen und darüber zu schreiben. Doch das ist nicht alles, das genügt nicht. Es gibt noch etwas anderes, etwas Persönliches, von dem zu sprechen mir am Ende dieses Berichts nicht ungebührlich erscheint. Was interessiert, was betrifft mich an dieser Geschichte, die nicht meine ist und aus der ich nicht unmittelbar hervorgegangen bin – ich erzähle ja nicht nur die Geschichte des Meteorologen, sondern die der schrecklichen Epoche, in der er lebte und starb? Und was interessiert mich überhaupt an diesem Land, an Russland, das sich so wenig bemüht, liebenswert zu sein, und das übrigens in dem Teil der Welt, in dem ich lebe, niemanden reizt (das ist eine Litotes)? Niemanden, auch mich nicht. Und dieses Buch wird es auch nicht liebenswerter machen …

Und dennoch kehre ich seit bald dreißig Jahren starrköpfig dorthin zurück. Was nun? Seit meiner ersten Reise in dieses Land, das damals noch UdSSR hieß, es war 1986, bin ich gut und gerne mehr als zwanzig Mal dort gewesen (fast so häufig wie Aragon, doch zu anderen Gelegenheiten, und natürlich aus anderen Gründen …): viel Zeit, in der ich angenehmere Orte hätte ansteuern können … Am Ende des kleinen Buchs *En Russie*, das ich damals geschrieben habe, fragte ich mich, ob ich irgendetwas empfand, als ich das Land verließ, in das zurückzukehren ich eigentlich »keinen Grund« hatte: Gründe dafür habe ich seither offenbar gefunden. Alles in allem habe

173

ich kein Land der Welt so häufig besucht. Ich habe mit den Studenten von Irkutsk Texte von Michaux und von Claude Simon gelesen (ich fürchte, ich war kein guter Lehrer, und das bekümmert mich), ich habe in dieser Stadt, die Michael Strogoff nicht ohne große Mühe erreicht hat, schließlich länger als in irgendeiner französischen Stadt außer Paris gelebt. Ich habe viele Tausend Kilometer mit der Transsibirischen Eisenbahn zurückgelegt, zwei Mal habe ich mich in Wladiwostok blicken lassen, ich bin nach Kamtschatka gereist, weil dieser Name in meiner Kindheit der letzte Zipfel des Weltendes bedeutete (und das ist vielleicht das Einzige, was sich seit meiner Kindheit nicht verändert hat), ich bin nach Chabarowsk gereist, um den Amur zu sehen, nach Magadan am Ochotskischen Meer, weil es »der Ankerplatz der Hölle« war, von dem Schalamow spricht, die Tür zur schrecklichen Kolyma. Ich habe Lesungen französischer Autoren in Moskau, Sankt Petersburg und Jekaterinburg organisiert. Ich habe mit unterschiedlichem Erfolg versucht, zahlreiche Zuhörer in Omsk, in Murmansk, in Archangelsk-mit-den-goldenen-Türmen dafür zu interessieren, ich habe das Grab von Kant in Kaliningrad, ehemals Königsberg, besucht und zum Gedenken an General Hugo und Oberst Chabert den Friedhof von Eylau, heute Bagrationowsk. Ich habe sogar zwei Wochen in einem Kaff im hohen Norden Sibiriens in Gesellschaft eines Mammut-Ausgräbers verbracht (eine Beschäftigung, die Eleonora gefallen hätte, die eine bedeutende Paläontologin war), und ich bin von dort aus zum Nordpol oder zumindest in seine Vororte gereist. Im Zelt auf einer Eisdriftstation habe ich *Die Elenden* gelesen und, während wir den Wodka über einem Kerosinkocher auftauten, bis spät in die Nacht (doch es wurde nicht Nacht) mit russischen Ozeanologen und Meteorologen diskutiert, die einen Haufen Messinstrumente auf dem Packeis ausbreiteten; sie hatten sich für ihre Fachgebiete zur Zeit der Sowjetunion und des Eisernen Vorhangs entschieden, sagten sie mir, denn die Luft- und Wassermassen, die Winde und die Strömungen kennen keine Grenzen und ziehen ungehindert durch die Welt. Damals wusste ich leider noch nichts von Schmidt und Wangenheim, ich hätte gerne mit ihnen über sie gesprochen.

Ich erzähle das alles nicht, um mich als Forschungsreisenden ins Bild zu rücken (andere verrichten diese Arbeit sehr gut), auch nicht, um mit einer vertieften Kenntnis von Russland zu beeindrucken. Meine Russischkenntnisse sind nach wie vor kläglich, verglichen mit der Zeit meiner ersten Reise scheinen sie eher schlechter geworden zu sein. Und ich habe dieses riesige Land mehr oberflächlich durchstreift als in seinen Tiefen ausgelotet. Ich zähle diese Städte, diese geografischen Orte nur auf, um die merkwürdige Anziehung zu verdeutlichen, die sie auf mich ausüben: so viele Städte, durch die ich kam, so viele Horizonte, die ich betrachtete, von der Region Primorje an den Ufern des äußersten Ostens bis zur preußischen Enklave Kaliningrad, von den Ufern des Eismeers bis zu den burjatischen Grenzen der Mongolei. Es muss wohl so sein, dass diese Orte und die Geschichte, die mit ihnen verbunden ist, ob ablesbar oder unkenntlich gemacht, einen gewissen Reiz auf mich ausüben – und sei es der paradoxe Reiz, den manche schrecklichen Orte besitzen können.

Es beginnt, glaube ich, mit der Wahrnehmung oder vielmehr dem Gefühl oder, noch elementarer, mit dem Schwindelgefühl der Weite. Russland ist die Weite des Meeres an Land,

habe ich in einem kleinen Text geschrieben, in dem ich Tschechow zitiere: »Die Kraft und der Zauber der Taiga liegen
nicht in gigantischen Bäumen und nicht in einer Grabesstille,
sondern darin, dass vielleicht nur die Zugvögel wissen, wo sie
zu Ende ist.« Ein Land auf großer Fahrt. Ein Teil meines russischen Tropismus ist geografischer Natur, ein Hang zu dieser nicht substanziellen, unsichtbaren Realität, die der Raum
darstellt. Eine unbegreifliche Macht, die dennoch heimlich
die Dinge markiert und die auf den Begriff zu bringen ich zu
Beginn dieses Buchs versucht habe, indem ich die endlosen
Ebenen erwähnte, die Teil der Kindheit Wangenheims waren.
Es ist ein Gefühl, das wir Bewohner der kleinen europäischen
Halbinsel kaum kennen, eine große Wellenlänge der Welt,
die zu empfangen wir nur schlecht ausgestattet sind. Nichts
anderes sagt Bunin in *Das Leben Arsenjews*: »Ich bin in einer
Landschaft geboren, die allein aus Feldern bestand, einer
Landschaft, die sich ein Westeuropäer nicht einmal vorstellen kann. Mich umgab eine ungeheure, durch nichts unter-
brochene, grenzenlose Weite.« (Ich bin nicht sicher, ob die
Übersetzung mit »ungeheurer Weite« eine sehr geglückte
Übersetzung ist.) Und gewiss üben diese Weiten eine umso
größere Anziehungskraft auf mich ketzerischen Westeuropäer aus, als sie verbotenes Gebiet waren, als ich jung war,
und damals nichts darauf hindeutete, dass dieses Verbot zu
meinen Lebzeiten jemals aufgehoben sein würde. Diese ungläubige Neugier war es, die mich 1986, als die Beschränkun-
gen allmählich wegfielen, dazu antrieb, hinzufahren und mir
anzuschauen, wie es dort aussah. Die Orte, die Dinge, die
Menschen, denen ich dort begegnete, waren jene, zu denen
mir der Fall des Kommunismus Zugang gewährte. Der russische Raum ist unvermeidlich politisch, die Geschichte und

die Geografie kreuzen sich dort ständig, verweben sich ineinander. Nichts zeigt diese Verwobenheit besser als die Vieldeutigkeit des Begriffs »Sibirien«, der sowohl ein geografischer ist – jener Kontinent aus Ebenen, Hügeln und Sümpfen mit Schwertlilien, den die Transsibirische Eisenbahn durchquert – als auch ein historischer, der von Dostojewskis *Aufzeichnungen aus einem Totenhaus* bis zu Schalamows *Erzählungen aus Kolyma* für Deportation, Gefängnis, Lager steht. (»In den entlegenen Gebieten Sibiriens ...« lauten die ersten Worte von Dostojewskis Buch.)

Es gibt kein anderes Epos der Moderne (das heißt jener Zeit, die bereits vergangen ist) als das der Revolution, und es gibt nur zwei universelle Revolutionen, die französische und, im 20. Jahrhundert, die russische. Die Bewohner des 21. Jahrhunderts werden zweifellos die weltweite Hoffnung vergessen, die mit der Oktoberrevolution 1917 aufkam, dennoch war der Kommunismus für viele Millionen Männer und Frauen, Generation für Generation, das außerordentlich gegenwärtige, mitreißende, packende Versprechen eines Bruchs in der Menschheitsgeschichte, des Aufbruchs in eine neue Zeit, die man mit einer Vielzahl dümmlicher Begriffe bezeichnete: als strahlende Zukunft, singende Tage der Zukunft, Jugend der Welt, Brot und Rosen – die Bezeichnungen waren dumm, aber die Hoffnung war es nicht, und noch weniger der Mut, mit dem viele sich in den Dienst dieser Hoffnung stellten –, und sie werden vergessen, dass diese Menschenmassen Sowjetrussland als den Ort wahrnahmen, wo der große Umbruch seinen Ursprung genommen hatte, die Festung der Verdammten dieser Erde. Erstaunt stellt man fest, mit welcher Geschwindigkeit die hohen Wellen verebben, die einmal die

Geschichte der Welt haben anschwellen lassen. Die Erinnerung an diese glühende Erwartung ist fast schon verschwunden, aber für die Generation, der ich angehöre, für die »die Revolution« noch der Horizont sein konnte, der sich, um die Wahrheit zu sagen, immer mehr eintrübte, das Ideal, das man vielleicht wie eine schlecht gelernte Lektion wiederholte, anstatt es von Neuem am Feuer der Erfahrung zu erproben, ist es unmöglich, unter der Oberfläche des deprimierenden Landes von heute nicht den alten Herd der weltweiten Hoffnungen zu sehen, vor allem aber nicht das riesige Grab, in dem diese bald beerdigt wurden. »Wer vermöchte zu sagen, was Sowjetrussland für uns gewesen ist?«, fragte Gide, der bestimmt kein Verdammter dieser Erde war, sondern einer jener, vor allem unter uns zahlreichen Intellektuellen, die sich einen Moment lang von diesem großen Enthusiasmus hatten anstecken lassen. »Nur noch eine Partei zur Wahl: ein Beispiel, ein Führer ... Dort hat es sich zugetragen, was wir erträumten, was wir kaum zu erhoffen wagten, und doch mit unserem ganzen Wollen, unserer ganzen Kraft anstrebten. Es gab also ein Land, wo Utopisches die Chance fand, Wirklichkeit zu werden.« Als diese Worte 1936 geschrieben wurden, war Gide aus der UdSSR zurück, und das in jedem Sinn des Wortes.

Von diesem »russischen Tropismus« geht also bestimmt kein rein geografischer Reiz aus, keine Art Anziehung durch den Raum, denn dieser Raum ist nicht nur eine Weite, er ist nicht nur abstrakt oder negativ, eine Fluchtlinie, etwas Grenzenloses (das auch): Er ist bevölkert von den Phantomen der größten weltlichen Hoffnung, die es je gab, und vom Massaker, das an dieser Hoffnung verübt wurde, von der Revolution

178

und dem unheimlichen Tod der Revolution. Wenn ich von der Revolution spreche, meine ich nicht das, was sie tatsächlich war, nämlich ein bolschewistischer Staatsstreich im Oktober mit mehr oder weniger mittelmäßigen oder paranoiden Persönlichkeiten als Protagonisten, die Bedrohung des freien Denkens und die Grausamkeit, die die Revolution von Anfang an an den Tag legte; ich spreche vielmehr von dem, was sie in den Träumen von Millionen Menschen war, eine sich grundlegend ändernde Welt, eine klassenlose Gesellschaft, »in der die Utopie dabei war, Wirklichkeit zu werden«. Ein wesentlicher Teil der Geschichte des 20. Jahrhundert hat sich dort abgespielt, und nicht nur des 20. Jahrhunderts, denn wir haben es heute immer noch, auch wenn wir es nicht wissen, mit dem Erbe der Verzweiflung zu tun, die aus diesem Tod hervorgegangen ist. Deshalb spricht dieser Bericht meiner Auffassung nach auch nicht von La Fontaines Monomotapa. Die Geschichte des Meteorologen, die Geschichten all der unschuldig Hingerichteten in den Massengräbern sind Teil unserer Geschichte, insoweit das, was mit ihnen in uns massakriert wurde, eine Hoffnung ist, die wir (unsere Eltern, die, die vor uns waren) teilten, eine Utopie, von der wir zumindest zu einem bestimmten Zeitpunkt glaubten, sie sei dabei, »Wirklichkeit zu werden«. Die Schmach ist so groß, dass die Hoffnung endgültig ausgelöscht ist. Danach gibt es zwar noch Revolutionen, aber das sind nationale Befreiungskämpfe, Militärputsche, Aufstände, die siegreich sind, Theatercoups, gelungene Landungen, doch niemals wieder gelingt es ihnen, trotz aller Anstrengungen, sich den Anschein einer universellen Botschaft zu geben (China, Kuba), die ganze Welt, *urbi et orbi*, anzusprechen.

Die Schmach ist so groß: Mehrere Hunderttausend Tote in
den Wäldern der Finsternis, wie William Blake gesagt hätte,
in den Verliesen mit einer Rinne oder einem geneigten Fuß-
boden, damit das Blut abfließt wie Wasser in der Dusche,
oder auch von einer Teerplane, die man abspritzt, in den
Steinbrüchen, den Schluchten, den Militärlagern, den Lastwagen, diese Abertausende von Skeletten, die ein Bagger
plötzlich am Rand einer Autobahn, eines Rollfelds exhumiert,
die eine Flut an der Böschung eines Flusses freilegt. Von einigen dieser Toten, wie dem Meteorologen, weiß man heute,
Jahrzehnte nachdem sie ermordet wurden, in welchem Massengrab sie liegen, man kann Kunstblumen und ein Foto von
ihnen am Ort ihres Martyriums niederlegen, aber die riesige
russische Erde, *Zemlia*, birgt noch Hunderttausende Leichen
an Orten, die man vielleicht nie entdecken wird. Die russische Weite ist letzten Endes auch der Raum dieser zahllosen
Toten.

Die Schmach ist so groß: Die schwer zu ertragenden Blicke,
auf Fotos festgehalten, damit die Henker sicher waren, die
»richtige« Person hinzurichten – die Verurteilten waren so
zahlreich, da konnte es zu Verwechslungen kommen, Akten
konnten durcheinandergeraten, das ist menschlich –, Fotos,
die das bewunderswerte Buch von Tomasz Kizny, *Der große
Terror in der UdSSR 1937–1938* wiedergibt. Der verzweifelte
Blick von Aleksandra Iwanowna Tschubar, hingerichtet am
28. August 1938. Der unerschrockene Blick von Andrei Wassiljewitsch Dorodnow, der einer Seerettungsmannschaft ange-
hörte, hingerichtet am 20. Juni 1937, von Semjon Nikolajewitsch Kretschkow, Priester, hingerichtet am 25. November
1937, der fassungslose Blick von Alexander Iwanonwitsch Do-

gadow, dessen Mimik, der zusammenpresste Mund, Nein! zu sagen scheint, das ist nicht möglich, ihr übertreibt, und der am 26. Oktober 1937 erschossen wird, der Ausdruck reinen Entsetzens in den weit aufgerissenen Augen von Alexi Grigorjewitsch Scheltikow, Schlosser, hingerichtet am 1. November 1937, von Iwan Filipowitsch Volkow, Arbeiter in einer Torfgrube, hingerichtet am 15. Dezember 1937, die unendlich traurigen Blicke von Gavril Sergejewitsch Bogdanow, Bauarbeiter, hingerichtet am 20. August 1937, von Iwan Jegorowitsch Akimow, Wachmann in einem Kombinat, hingerichtet am 26. Februar 1938, der bedrückte Blick von Marta Iljitschna Rjasantsewa, mit einem Gesicht voller Runzeln wie ein alter Apfel, hingerichtet im Alter von einundsiebzig Jahren am 11. Oktober 1937, der ungläubige Blick von Alexei Iwanowitsch Sakliakow, ein zweiundzwanzigjähriger Stalljunge, hingerichtet am 20. August 1937, von Claudia Nikolajewna Artemiewa, Friseurin, hingerichtet am 29. Dezember 1937, von Iwan Alexejewitsch Belokaschkin, ohne festen Wohnsitz, hingerichtet am 14. März 1938 im Alter von siebzehn Jahren, von Iwan Michailowitsch Schalajew, Zimmermann – der mit gebeugtem Kopf und zusammengepressten Augen zuzuhören scheint –, der ironische Blick von Germogen Makarewitsch Orlow, neunzehn, Student, hingerichtet am 25. Januar 1938, die herausfordernden Blicke von Alexander Kuzmitsch Laschkow, hingerichtet am 10. Januar 1938, von Boris Jakowlewitsch Maslobojschtschikow, Krankenpfleger, hingerichtet am 21. November 1937, von Gleb Wassiljewitsch Alexejew, Schriftsteller, hingerichtet am 1. September 1938, der verächtliche Blick von Michael Iwanowitsch Alatyrtsjew, Buchhalter der Gesellschaft der Eisenbahnbauer von Jaroslawl, hingerichtet am 28. Mai 1938: erhobener Blick, halb im Schatten, bandagierter Kopf, das Auge nach unten zum Objektiv gerichtet, stolz, erhaben im Unglück. Und ebenso wie die nackten Leiber auf der Ladefläche eines Lastwagens das konkrete Bild der Brüderlichkeit sind, hervorgegangen aus einer Revolution, die zum Terror geworden war, ebenso sind diese Namen, diese Gesichter von Schlossern, Wächtern, alten *Babuschkas*, Straßenkindern, Zimmermännern, Priestern, Friseurinnen, Studenten, Krankenpflegern, Schriftstellern, Stalljungen das unzählige Gesicht eines konkreten Volks, das sehr konkret im Namen der Abstraktion eines Herrenvolks gemartert wurde.

Und die Geschichte aller ermordeten Blicke ist auch noch in einem anderen Sinn unsere eigene Geschichte: weil wir uns nicht dafür interessiert haben (unsere Eltern, die, die vor uns waren). »In den Wäldern von Onega folgte ein Konvoi dem anderen«, schreibt Julius Margolin, während im süßen Frankreich oder in Südamerika proletarische Dichter Lieder voller Schwung auf die Sowjetrepublik dichteten. Wir werden hier nicht den Prozess gegen jene eröffnen, die es bei uns vorzogen, die großen Friedhöfe unter dem sowjetischen Mond zu ignorieren, und wir werden nicht an die Verfahren gegen Krawtschenko und David Rousset erinnern usw. Es ist leicht, sich zum Richter über die Vergangenheit aufzuschwingen, und außerdem ist die Geschichte dieser Verblendung allen bekannt, die sich die Mühe machen, sich zu informieren. Dennoch darf diese Verblendung oder diese Gleichgültigkeit nicht auf die leichte Schulter genommen werden. Es handelt sich nicht um überraschende Umschwünge. So endet Julius Margolins *Reise in das Land der Lager*, eines der großen (und literarisch großartigen) Zeugnisse im Dienste der Geschichte des

20. Jahrhunderts: »Das Verhältnis eines Menschen zur Sowjetunion ist für mich inzwischen zu einem Prüfstein für seine Integrität geworden – im selben Maß wie sein Verhältnis zum Antisemitismus.« Im selben Maß: das sagt auch Wassili Grossman – wie Margolin ein jüdischer Autor –, wenn er sich in *Leben und Schicksal* ein Gespräch zwischen einem nationalsozialistischen Lagerleiter und einem inhaftierten Politkommissar ausdenkt: »Hier bei uns sind Sie wie zu Hause«, sagt der Nazi-Intellektuelle zum Sowjet-Intellektuellen. »Indem wir den Krieg verlieren, werden wir ihn gewinnen, werden wir uns in anderer Form weiterentwickeln, im Wesen jedoch unverändert bleiben.«

Dennoch hat sich die Sowjetfreundlichkeit unter den Intellektuellen zäh gehalten, so hat zum Beispiel Sartre 1964 (zwanzig Jahre nachdem er mit Koestler wegen *Sonnenfinsternis* gebrochen hatte und im Todesjahr von Grossman, der einsam in Moskau stirbt, von allen abgewiesen, aus allen intellektuellen Zirkeln verbannt und seines großen Buches beraubt, dessen Manuskript der KGB »verhaftet« hat) zur Begründung seiner Ablehnung des Nobelpreises noch einmal erklärt, dass seine Sympathien unverhohlen dem sogenannten Ostblock gälten und er es bedaure, dass man Pasternak den Preis vor Scholochow verliehen habe und dass das einzige ausgezeichnete sowjetische Werk im Ausland veröffentlicht worden und in seiner Heimat verboten sei. Eine unglaubliche Aussage, denn sie scheint sagen zu wollen (und etwas anderes besagt sie nicht), dass das Verbot des Buches in der UdSSR Pasternak zur Schande gereicht. Belassen wir es dabei (Sartre wird erhört werden und Scholochow im folgenden Jahr den Nobelpreis erhalten). Interessanter als die Abrechnung mit den Gespenstern ist vielleicht der folgende Gedanke: Die grausame Geschichte dessen, was »realer Sozialismus« war, ist bei uns immer noch weitgehend unbekannt, und so fehlt uns ein riesiger Teil des Jahrhunderts, aus dem wir kommen und das wir aus Gewohnheit schrecklich nennen. Die Hälfte des Terrors in diesem schrecklichen Jahrhundert, die Hälfte der Nacht in diesem nächtlichen Jahrhundert. In *Reise in das Land der Lager* gibt es einen Dialog zwischen einem sowjetischen Ingenieur und dem Häftling Margolin. »Von meinen verschiedenen Einstellungen zur Sowjetmacht ist heute nur noch eine übrig: Ich fürchte sie. Bevor ich in Ihr Land kam, hatte ich keine Angst vor den Menschen.« Ein Satz, der an einen anderen von Nadeschda Mandelstam erinnert: »Von dem, was mit uns war, ist das Tiefste und Stärkste die Angst … Von den ersten Tagen an … hat die Angst alles, was das Leben der Menschen normalerweise ausmacht, in uns erstickt.« Diese gewaltige Angst, die in hunderttausend Blicken auf unterschiedliche Weise widergespiegelt, erlitten, überwunden wird, hat uns kaum gekümmert. Heute beunruhigt uns die Gefahr, dass das Unmenschliche in Russland wieder auflebt, aus gutem Grund aufs Neue, aber unsere Sorge wäre glaubhafter, wenn wir das beachtet hätten, was in der Geschichte dieses Landes menschlich war, denn diese Menschlichkeit war zuerst die der Opfer.

EPILOG

Ich hätte Eleonora, die Tochter des Meteorologen, für die seine Zeichnungen und Pflanzenbilder bestimmt waren, treffen können. Ich habe sie nur um ein Jahr verfehlt. Sie war Paläontologin geworden, Spezialistin für Wirbeltiere. Sie arbeitete in einem Labor für die geologische Stratigrafie des Quartärs am Geologischen Institut der Akademie der Wissenschaften. Sie war unverheiratet geblieben, hat nie ihren Geburtstag gefeiert, untersagte es, ihr Geburtsdatum zu nennen. Sie war eine gute Pianistin, rauchte zwei Päckchen Zigaretten am Tag (diese beiden Tatsachen haben nichts miteinander zu tun). Jedes Jahr fuhr sie zur Gedenkfeier nach Sandarmoch.

Am 28. Dezember 2011 gab es eine kleine Neujahrsfeier im Labor. Eleonora nahm daran teil und bat darum, während der sich anschließenden Ferientage arbeiten zu können. Am 4. Januar telefonierte sie mit einer Kollegin, um ihr zum Geburtstag ihres Sohnes zu gratulieren. An diesem und den folgenden Tagen, dem 5., 6. und 8. Januar, ging sie ins Labor, wo sie allein war. Am 7. versprach sie, in der darauffolgenden Woche bei »Memorial« vorbeizuschauen. Am 8. jährte sich die Verhaftung ihres Vaters. Ich ziehe daraus keine Schlüsse, aber ich muss es erwähnen, wie man es mir gegenüber erwähnte. Am 9., dem letzten Ferientag, um dreizehn Uhr vierundzwanzig, rief sie mit dem Handy eine ihrer Mitarbeiterinnen an und erkundigte sich, ob sie am nächsten Tag zur Arbeit komme. »Sollte ich nicht da sein«, sagte Eleonora zu ihr, »habe ich ein kleines Päckchen für dich hinterlassen.« Weniger als eine Stunde nach diesem Anruf fand man ihren Leichnam am Fuß des Gebäudes, Mitschurinski Prospekt Nr. 12, in dem sie in der neunten Etage gewohnt hatte.

An nächsten Tag, im Labor, fand man in dem Päckchen alle Anweisungen hinsichtlich ihrer Einäscherung und des Ortes, an dem die Urne aufbewahrt werden sollte. Sie untersagte ausdrücklich, einen Leichenschmaus abzuhalten. Während der Ferientage hatte sie ihren Schreibtisch aufgeräumt und die Bücher beiseitegestellt, die an die Bibliothek gegeben werden sollten. So endet vierundsiebzig Jahre nach seinem Tod die Geschichte des Meteorologen.

DANKSAGUNG

Ohne die Hilfe von Irina Fliege und Juri Dmitriew von »Memorial« hätte ich dieses Buch nicht schreiben können: Ihnen und meinem Freund Waleri Kislow, der mir dabei geholfen hat, die vielen Dokumente aus den Archiven des NKWD zu übersetzen, sowie Wassili Potapow, selbst Meteorologe, der sie gesammelt und von Hand abgeschrieben hat, möchte ich von Herzen danken.

Ich danke auch Swetlana Dolgowa und Emmanuel Durand vom Verlag Paulsen Russie, und schließlich Warwara Wojetskowa für die gute Laune, die sie während der langen Arbeitstage in Moskau verbreitet hat.

Auch wenn ich mich bemüht habe, so genau und sorgfältig wie möglich zu sein, ist dieses Buch keine wissenschaftliche Abhandlung. Ich habe also die Historiker, auf die ich mich beziehe, nicht systematisch zitiert, doch es ist klar, dass ich für alles, was den Großen Terror im Allgemeinen betrifft, den Werken von Anne Applebaum und Robert Conquest viel verdanke, und was die besonderen Aspekte (hinsichtlich der Ausführungsverordnung Nr. 00447 des NKWD) angeht, den Arbeiten von Nicolas Werth.

ZITATHINWEISE

Für die Übersetzung wurden Zitate aus folgenden Werken verwendet, die in manchen Fällen den Erfordernissen von Olivier Rolins Text angepasst wurden.

ISAAK BABEL, *Die Reiterarmee*, übersetzt von Peter Urban, Berlin 2006

MARGARETE BUBER-NEUMANN, *Als Gefangene bei Stalin und Hitler*, München 1949

IWAN BUNIN, *Das Leben Arsenjews*, übersetzt von Georg Schwarz, München 1980

ANDRÉ GIDE, *Russland; Retuschen zu meinem Russlandbuch*, übersetzt von Raimund Theis, in: Gesammelte Werke Band VI, 2, Stuttgart 1996

NIKOLAI GOGOL, *Die toten Seelen*, übersetzt von Michael Pfeiffer, Berlin und Weimar 1983

WASSILI GROSSMANN, *Alles fließt*, übersetzt von Annelore Nitschke, Berlin 2010

WASSILI GROSSMANN, *Leben und Schicksal*, übersetzt von Madeleine von Ballestrem, Berlin 2007

SERGEJ JESSENIN, *Ihr Äcker*, übersetzt von Paul Celan, in: DIE ZEIT, Hamburg, 6. November 1958

NADESCHDA MANDELSTAM, *Erinnerungen an Anna Achmatowa*, übersetzt von Christiane Körner, Berlin 2011

JULIUS MARGOLIN, *Reise in das Land der Lager*, übersetzt
von Olga Radetzkaja, Berlin 2013
SOPHOKLES, *Antigone*, übersetzt von
Wilhelm Kuchenmüller, Stuttgart 1955
ANTON TSCHECHOW, *Die Insel Sachalin*, übersetzt von
Peter Urban, Zürich 1987